Eurus

Notus

日曜俳句入門

吉竹 純

Jun Yoshitake

Bore

Zephyrus

岩波新書

1803

はじめに

こんにちは。もしかしたら、こんばんは。吉竹純といいます。一九四八(昭和二十三)年生まれ。団塊世代のど真ん中。男です。ときどき、純という名前の女性もいるので、間違われることがありました。東京の大学に入学が決まり、九州から上京して住民票を移したとき、性別が女となっていることに気づいて、区役所の出張所に駆け込み、訂正をお願いしたところ、笑われました。なんで笑われたのだろう。もう半世紀も前のことなのに、記憶はあざやかです。

さて、どんなキャリアを歩んできたか。急ぐかたは、奥付の略歴を、そうでないかたは、読みすすむうちにわかっていただけるものと期待して、ひとまずここでは、タイトルにある「日曜俳句」とは、どんなものか、かんたんにご説明したいと思います。

これは、日曜に句会をひらき、そこで詠まれた俳句を指しているわけではありません。では、いったいなにか。

ふだん手にする新聞には、たいていの場合、読者の投句欄があって、短歌とセットで三分の二ページないし、それに近いスペースが、週に一度、わりあてられています。詩歌専門でもないメディアに、一般の読者から寄せられた作品が、その分野で名もあり実力もある選者のふるいにかけられて、毎週掲載される。こんな国は、世界のどこにもありません。

東京で発行される主な日刊紙のうち、日曜に掲載されるのは、いまでこそ、一貫して変わらない東京新聞と、二〇一八年四月八日からもどってきた朝日新聞だけですが、私が本格的に投句をはじめた二〇〇〇年ごろは、そろって日曜でした。

また、読者の投句を選者が目利きして、必要な場合は、評を添えて掲載に至るという流れは、新聞に限ったことではありません。俳句専門誌はいうまでもなく、一般の文芸誌や週刊誌もページを割いて投句を募っています。

一例をあげれば、『サンデー毎日』には、「サンデー俳句王《ハイキング》」というタイトルの、各界の俳句好きが週替わりで選者をつとめるコーナーがあり、【兼題】といって、あらかじめ出しておく季語や言葉を詠みこんだ一句を、俳句王、秀作、佳作などにふりわけて掲載しています。

さらに、NHKでも、毎週日曜の朝、Eテレに俳句の時間があり、一般視聴者からの投句で構成されています。名実ともに、日曜俳句です。

そうです、日曜俳句とは、まずもって、新聞や雑誌、テレビなどのメディアに投句し、選を受ける一連の流れ、および公表された作品のことをいいます。

もちろん、全国的な大きなメディアでなくとも、どんな小さなメディアでも、公に発表されることが前提であれば、仲間です。学校の新聞でもいいし、自治体の広報紙でも、立派に日曜俳句。あっ、それならつくったことがあるよ、というかたはたくさんいらっしゃるでしょう。また、公募コンクールも「伊藤園お〜いお茶新俳句大賞」をはじめ、企業や自治体などが主催し、さまざまなテーマ、部門を設けて開催しています。これも、投句し、選者がいて、公表されるという一種のメディアですから、日曜俳句の範疇《はんちゅう》にはいると思います。

趣味として俳句をつくるのが、日曜俳人。休日に絵筆をとる日曜画家、大工仕事をする日曜大工と、なんら変わりません。誰に習うわけでもなく、好きというだけで、道を究める。人生百年時代の生き方のひとつとして、私は「日曜俳句」を提唱します。そして、僭越ながら、これからガイド役をつとめさせていただきます。

そんなことをいったって、あなたにそんな資格があるの、という疑問をもたれるのは、当然です。それを打ち消せるかどうかわかりませんが、朝日俳壇の選者のおひとり、長谷《はせ》川《がわ》櫂《かい》さんが、述べています。その年の入選句を一冊にまとめた『朝日俳壇２０１５』(朝日新聞出版、二〇一六年)の、年間秀句に寄せた言葉から。

「朝日俳壇では毎週十句ずつ選び、その中から年間秀句十句を選ぶ。その秀句の中から年間賞は選ばれる。毎週六、七千句の応募があるとして、おそらく数十万分の一の確率だろう。いや確率などというと宝くじか何かのようで、選ばれた人に失礼になる」

年間賞ではありませんが、拙句は長谷川櫂選の年間秀句として、二〇〇二年を嚆矢《こうし》に、四度、栄に浴しました。

いや、わかった。それで年間賞はないのかね、と質問されるかもしれませんが、二〇〇八年の読売俳壇、小澤實《おざわみのる》選で一度ありました。

すろうりい歌会始すろうりい

そして、ほんとうに、三年後の二〇一一(平成二十三)年一月十四日、皇室の新年の行事を締めくくる歌会始に入選。宮中に参内《さんだい》し、天皇陛下の御前にて、まさに小澤選の句の雰囲気のなかで、歌が披講《ひこう》されました。お題は、「葉」。この字を、かならず歌のなかに詠みこみます。

背丈より百葉箱の高きころ四季は静かに人と巡りき

言葉は現実になる、などと教訓めいたことを語るつもりはありませんが、日曜俳句に取り組めば、きっとなにかいいことが起きるというのが、二十世紀の終わりから、独学で新聞などのメディアに投句してきた日曜俳人として、体験的にいえることです。

なお、稚拙な句、失敗した句のほか、本文を説明するためのわかりやすい実例として、自作の入選句を必要なところに配置しています(本文とは異なる書体です)。ちょっと多いのではと思われるかもしれませんが、投句するきっかけや楽しさが伝わるようにとの思いからです。

それでは、日曜俳句を楽しむうえでの、ポイントや注意点など、投句者の目線からゆっくり語っていこうと思います。よろしくおつきあいください。

目次

はじめに

第1章　日曜俳句って、そもそも何なの？　1

実は、メディアなどへの投句を端的にあらわす言葉がなかった。「ああ、新聞に投句している人？」。しっかりした名称がないと、さびしい。　2

日曜俳句は、どんな人がつくっているの。初心者が多いの、それとも、けっこう経験を積んだ人たちなの？　6

無名の人たちが、それぞれの思いを託していた日曜俳句。いま、プロもセミプロも参入して、静かなる変化がはじまっている。　10

日曜俳句人口は、どれくらいなのか。いくつかの情報をもとに推計すると、楽しむ人は、百万人。では、実際に投句している人は？　14

結社でもない。同人誌でもない。句会でもない。俳句教室でもない。ひらかれた第五のルートとして、日曜俳句はある。 19

日曜俳句なら、初心者の拙い俳句でも、独学の無手勝流でも、俳壇の大御所が、手にとって見てくれる。選ばれると、反響がある。 26

「機会均等」を重んじる朝日から、「年功序列」を大切にする読売まで、新聞俳壇には各紙の色合いが。 30

主な俳句団体は、四つ。それぞれ特徴があるので、俳句教室を選ぶときや、日曜俳句を送る選者に迷ったときなど、役に立つ。 39

ブログ、SNS。人類史上、かつてない書き言葉の氾濫のなかで、日曜俳句は、すてきな思い出、記念になる。 43

第2章　日曜俳句デビュー　51

右も左もわからなくても、五・七・五なら、かんたん。とにかく、つくる。おっと、歳時記だけは忘れずに。 52

デビューは、新聞俳壇に限らない。近くでも遠くでも、小さくても大きくても、投句できる機会は逃さない。 58

入選したら、遠慮しないでいってみよう。楽しみにしてくれる人がいると、励みになる。俳句から、新しい輪がひろがっていく。　62
新聞俳壇の選者。いったい誰に送ればいいか。まず、選者の句集や著書を読みこんでみる。すると、詠んだ俳句が選者とおのずから共鳴する。　66
ふるさとを同じくする選者がいれば、思い出や風景が共有できる。だからこその一句を送るのも、日曜俳句の楽しみ。　70
男の子の「ゆまり」の俳句の投句先。選者にふさわしいのは男性、それとも女性？　微妙なケースに悩むことも。　76
初心者だから、かなづかい、誤字、脱字など、間違いはある。掲載するときは、選者が添削してくれることも。　80
盗作はいうまでもなく、二重投句も絶対ダメ。作品という以上、最低限の品を忘れず、投句マナーを守ろう。　86
没になっても、思い入れのある一句。再生するには、しっかり時間を。少なくとも一年間は寝かせておきたい。　90
投句は、はがきか、ネットか。最初は、はがきがおすすめ。しかし、無理に自筆で書くこともない。パソコンを使えば、自分の句帳にもなる。　93
パソコンを使っても、俳句は縦書き、一行におさめることが基本。ネット投句も、まずは紙に縦書きに書いてから。　97
二物衝撃、一物仕立て、季語の斡旋などなど。独特の俳句用語を、例句を参照しながら、知っておこう。　101

投句したら、最後まで見届ける。入選した句は、コピーをとってファイルに保存しておくと、あとあと役に立つことも。 105

第3章　日曜俳句の続け方 109

継続は、力なり。解説を書き加えたりせず、俳句だけで勝負していれば、いつか結果につながってくる。 110

季節の移り変わり、日々の暮らしの喜怒哀楽。俳句の対象は無限だが、つづけるうちに自分のテーマが見つかるといい。 115

季語があるので、実質、使えるのは十音程度。類想をおそれていては、発展はない。類句か、そうでないか。決めるのは、時間。 120

季語は、いかにして季語となるのか。「万緑」も、最初はひとりの俳人の一句から、ながく使われるようになった。 124

季語を使わない俳句もあるが、日曜俳人にはハードルが高い。有季定型で挑戦していくことが、確実でながつづきする秘訣だ。 128

自分にあう選者と出会うことも、日曜俳句をつづけるためには大切。この人と思って投句しても、結果が出なければ、一考も。 131

投句から掲載まで、新聞俳壇は、二週間から一か月。このスピード感は、俳誌ではまねできない。ニュースに取材した句も、鮮度が落ちない。 135

ときには、どこかに出かける「ひとり吟行」。日曜俳句なら、旅先で投句した俳句に出会うことも。ほかでは絶対に味わえない気分だ。 139

花鳥風月ばかりが、俳句の対象ではない。人や自然に対し敬意を表する挨拶句や、人への幅広い追悼句も。 143

旅行にともなう海外詠。いまでは現地に暮らして詠む滞在詠も出現。季語の斡旋をどうすればいいか、果敢な挑戦がつづいている。 147

俳句も文芸作品。目にしたことを、そのまま写すだけではない。フィクションも、表現として成立していれば、ということ。 152

入選すると、ご褒美がもらえることも。でも、日曜俳人には、掲載されることが無上の喜び。選評もいただければ、それが最高のご褒美。 156

田《た》螺《にし》鳴く——東日本大震災と日曜俳句 163

呼びかけに、読者は応えた／俳句をめぐる空気、動いた／季語が、季語であるために

第4章　明日へ動く日曜俳句　177

AI俳句の凄ワザいかに？　「俳人チーム」と「AIチーム」が真っ向勝負して、さて軍配はどちらに？　178

AIのつくった俳句を、閲覧、評価できるAI俳句協会、誕生。選を受けるだけだった日曜俳人が、選をする側に立てる。　183

俳句はいまや、世界のHAIKUへ。外国人が日本文化理解のために学ぶことも。日本人が詠む英語俳句という形式もある。　188

句集に『サラダ記念日』のような大ベストセラーはない。多くが自費出版であるならば、日曜句集の作り方を考えてみよう。　193

宣伝、流通など考えず、本人や家族の記念として、私家版の日曜句集をつくるのもいい。　197

俳句の裾野がひろければ、頂上をめざせる人も出てくるはず。日曜俳句の道標となるべき俳人が、登山道のそこここにいますように。　200

提案。新聞俳壇が統一した理念のもと、「新春日曜俳句大会」を実施する。新年の季語を兼題にして募集し、発表は旧暦の元日にする。　206

第1章 日曜俳句って、そもそも何なの？

実は、メディアなどへの投句を端的にあらわす言葉がなかった。「ああ、新聞に投句している人?」。しっかりした名称がないと、さびしい。

会社を退職してから、同窓会や社友会に顔を出す機会が多くなりました。そんな集まりでは、たがいに近況報告をしたり、「いま、なにをしてるの?」という質問が飛び交います。

そこで、俳句や短歌をつくって、いろんな新聞に投稿して、たまに掲載されています、と答えると、「ああ、そうか、投句しているのか」と、軽く片づけられることも、しばしば。まだこれは、反応としてはいいほうで、「えっ、なに、それ?」とか、「で、なにか、もらえるのか」と、きわめて現実的な問いが返ってきたりして、こちらとしては、けっこう頑張っているつもりなのに、拍子抜けすることも少なくありません。

しかし、そもそも俳句や短歌に興味をもっていない人は、新聞にそんな投稿欄があっても、あっさりスルーしてしまうのです。

毎日新聞の「新聞時評」(二〇〇六年七月四日)に、奈良大学の上野誠教授が、「歌壇・俳壇はもっと冒険していい」という見出しで、新聞各紙の「歌壇」「俳壇」のページが、レイアウトも含めて大差のない構成になっている、ゲスト選者を迎えてはどうか、などと提案しています。実際、こまかくみれば、各紙ごとにそれぞれ色合いが出ていて面白いのですが、それはあとに述べる機会があるのでパスして、この時評で、教授は次のように書きだしています。

「お金は大好きだが、『利殖』の才覚はないので、株式市況に私は関心がない。したがって、市況欄の数字の羅列は、新聞を飾る模様のように見える、と、ある経済人に毒づいたら、私にとっての『歌壇』『俳壇』も、同じですと反撃を食らった」

まさに、この通り。私も、本格的に投稿をはじめるまでは、「歌壇」、「俳壇」のページの存在は知っていても、しっかり目を通したことは一度もありませんでした。

興味のない人に、新聞などに投句していることを、かんたんに伝えられないものか。そこで、思いついたのが、「日曜俳句」。ちょっと聞けば、「日曜大工」と音が似ているので、まぎらわしいかもしれませんが、逆にいえば、親しみがわき、「日曜大工」との類似性のなかで、わかりやすく理解してもらえるのではないか。

しかも日曜俳句の場合、専門家の目を通すことで、品質に一定の保証がつき、多くの人の目にふれる機会が確保されていることが、とてもこころづよい。

「日曜俳句」。こう名づけた背景には、二十一世紀の始まりにおいて、主要各紙がそろって日曜に投句欄を掲載していた事実もあったのですが、その後、朝日、読売、毎日が月曜、産経が木曜、日経が土曜と、ばらけてしまって、ネーミングの理由としては、ちょっと弱いかなと思っていたところ、強力な援軍があらわれました。

各紙の先頭をきって、「歌壇・俳壇　来週から月曜日に」という予告を受け、二〇〇一年四月二日に引っ越した朝日俳壇ですが、今度は二〇一八年四月二日の紙面で「歌壇俳壇は八日から毎週日曜日に掲載します」と告知したのです。一行の、これまたあっさりしたお知らせでしたが、十五日の紙面に、はやくも反響があり、

虚子忌来て朝日俳壇日曜へ　御手洗征夫

との一句が。さりげない告知のなかにある「四月八日」が、高浜虚子《たかはまきょし》の命日である虚子忌であると、ただちに連想されたうえでの投句。どこかで虚子の謦咳《けいがい》に接する機会があったのかもしれません。

この句をとった長谷川櫂先生(と、ここから私が投句していた新聞俳壇の選者のみなさまを、先生

と呼ばせていただきます）は、選評で思いを叶露されています。

評＝選者の長年の念願だった、またもとの日曜紙面に。忘れたころに実現。あっけなく。

そうか、選者の先生も、新聞俳壇は日曜に限ると思っていたのだ。なんだかうれしくなり、メディアなどに投句すること、さらにその作品のことを、「日曜俳句」と名づけたことは、意義があったのだと、ひとりうなずいたのでした。

「最近、なに、してる？」

「ええ、日曜俳句を、ちょっと」

「ああ、それ、いいな」

「楽しいですよ。やってみませんか」

こんな会話が、いろんなところでかわされる日を、夢にみています。

あ、もちろん、短歌の場合は、日曜短歌。大リーグの大谷翔平選手のように、俳句、短歌と二刀流を楽しんでいる人も、たくさん見かけます（実は、私もそのひとりです）。

日曜俳句は、どんな人がつくっているの。初心者が多いの、それとも、けっこう経験を積んだ人たちなの？

『文藝』夏季号（河出書房新社、二〇〇九年）、「特集・穂村弘」のなかで、詩人の谷川俊太郎さんは、穂村さんとの対談中、新聞の投稿欄について、こう発言しています。

「大新聞に短歌・俳句欄はあっても現代詩欄はないわけじゃないですか。我々、自由詩を書いている人間は皆ひがんでますよ（笑）。短歌・俳句は受け入れられていてすごい人口だ、と。ああいう普通の人たちが書いている短歌や俳句はどうなんですか？」

日本を代表する詩人によると、日曜俳句をつくっているのは、「普通の人たち」。市井《しせい》に暮らす人たちというわけです。

これは、あながち間違いではなく、たとえば朝日俳壇の二〇一七年の入選句から、選者が年間の一句を選ぶ「朝日俳壇賞」の受賞者の言葉には、「俳句の入り口」とか「独学で句作を始めて十年目」など、はじめて間もない、ひとりでつくっている等々、日曜俳人の属性のいくつかが見えてきます。

また、一九九七年度と九八年度、『ＮＨＫ俳壇』(現在の『ＮＨＫ俳句』)の選者をつとめた藤田《ふじた》湘子《しょうし》先生は、エッセイ集『句帖の余白』(角川書店、二〇〇二年)のなかで、任期をふりかえって、感慨深くいっています。

「二年間たくさんの投稿と向き合ってきたわけだが、その七、八割方は初学の作と言ってよいものであった。しかしながら、発想や作り方は拙《つたな》くても、俳句に何かを托《たく》そうとする熱意やエネルギーは、巧拙を超えて伝わってきた。(中略)素人と呼べる作者群が俳句専門誌以外に大勢いることは承知していたけれど、これだけ大量にこれだけ長期にわたって接したのは初めてである」

ここでは「素人《しろうと》」と呼ばれていますが、つまりは「普通の人たち」。斯界《しかい》の第一人者が奇しくも、日曜俳句をつくっている人たちを、共通の視線でとらえていることがわかります。

藤田先生が俳句界を牽引した指導者のひとりである理由を、ご説明しておきましょう。先生は、昭和を代表する俳人のひとりである水原秋櫻子《みずはらしゅうおうし》に師事した、硬骨の俳人。俳句の型や句作に臨む態度について、人一倍、きびしく向きあう一方、三年間、毎日十句以上つくるという修行僧のような試みに挑戦して、一日も休むことなく、見事なしとげた有言実行の人。三年間の作句総数、一万一一〇七句に達しました。

ご自身も、二〇〇五年に亡くなるまでの七年あまり、日経俳壇の選者をつとめましたが、その結社「鷹」からは、宮坂静生《みやさかしずお》先生(産経俳壇選者)、小澤實先生(読売俳壇、東京俳壇選者)などが育ち、湘子亡きあと結社を継いだ主宰は、小川軽舟《おがわけいしゅう》先生(毎日俳壇選者)と、現代を代表する錚々《そうそう》たる俳人が名を連ねています。これだけ新聞俳壇の選者を輩出している結社は稀《まれ》です。

先生はまた、初心者向けのわかりやすい入門書を書いています。著書『新版 20週俳句入門』(KADOKAWA、二〇一〇年)は、人気のテレビ番組『プレバト!!』でおなじみの夏井いつきさんも、「私も俳句を始めた頃に、この本を何度も読んで勉強したよ。俳句入門のバイブルといえる本ね」(『夏井いつきの世界一わかりやすい俳句の授業』(PHP、二〇一八年)と述べています。まったく同感。理論と実践の両面において、後進を育てる力に秀でた指導者だったと思います。

藤田湘子先生がNHK俳壇の選者をつとめていたころ、たまたま郵便局で順番を待っているときに、備え付けのテレビで目にしたことがあるのですが、湘子という字幕が出ているのに、年配の男性が映っていて、ひどく驚きました。しかし、考えてみれば、高浜虚子にしろ山口誓子《やまぐちせいし》にしろ、「子」のつく俳号をもっている男性俳人は少なくなく、まったく俳句に疎かった当時の自分に、冷汗三斗《れいかんさんと》の思いです。

さらに、もうひとり、日曜俳句の選者の思いを聞いてみましょう。西村和子《にしむらかずこ》先生は、二〇〇八年から毎日俳壇の選者をつとめ、NHK俳壇の選者の経験もおありです。グラフィックデザイナー、居酒屋探訪家として著名な太田和彦さんとの対談で「私はテレビの選、新聞の選などをさせていただくようになって気が付いたのですが、日本全国で無名の人たちが、毎週、俳句を作って寄せてくるんです。そこには庶民の哀歓みたいなものが託されている。ああ、この人はこういう暮らしをしているんだ、と想像しながら選をしています」と、話していらっしゃいます（『俳句』二〇一四年十月号）。ちなみに太田さんは、俳句愛好家としても知られています。新聞俳壇の選者をつとめるとなると、毎週毎週、投句の山をまえにして、どれほど重労働なのかと気になっていましたが、それにもまして選者ならではの喜びがあるのだと、わかってきます。

さて、日曜俳句をつくっている人たちを、あらためて整理すると、ひとりで、手さぐりではじめて、俳句専門誌などを手にすることは少なく、それでも俳句が好きで、継続してつくっている。ごくふつうの、市井に生きる人たち。同好の士の、そんなイメージが浮かびあがってきます。

無名の人たちが、それぞれの思いを託していた日曜俳句。いま、プロもセミプロも参入して、静かなる変化がはじまっている。

ところが、素人っぽいことが特徴だった日曜俳句の世界に、このところ静かな変化が起きています。短歌賞を受賞した経歴にくわえて、最近になり自身の全句集を世に問うた、どこからみてもプロ中のプロが新聞俳壇に投句してくるという、以前ならちょっと考えられなかった現象です。二〇一三年の秋、東京俳壇を読んでいて、驚きました。小澤實選の入選作に、「藤原《ふじわら》龍一郎《りゅういちろう》」とあったのです。短歌を少しでも嗜《たしな》んでいる人なら、すぐにわかるはず。〝事件〟だと思いました。

藤原龍一郎さんは、新人の登龍門のひとつ、短歌研究新人賞を受賞し、独立した歌集はもちろん、『現代短歌一〇〇人二〇首』(邑書林、二〇〇一年)にも選ばれている実力派。そのなかの一首、〈夕映えに彼方のビルは染められてゲーム世界のごとく静謐〉は、映画『ブレードランナー』(一九八二年)の世界を見るようで、記憶にのこっていました。

そんな短歌のプロが、なぜ、新聞俳壇に投句してくるのか。選者もまた、その名を知らぬはずはない。「普通の人たち」「素人」にまざって選を受けるというのは、どんな気持ちなのだろうか。

句集を上梓した際は、「藤原月彦《ふじわらつきひこ》」と名乗っていたのに、東京俳壇では、本名。不思議に思いながらも、日曜の東京新聞から目が離せなくなりましたが、その後も投句はつづき、かなりの頻度で入選。ということは、選に洩れることも少なからずあるということ。私がその立場であれば、投句はためらってしまいます。

でも、名のある歌人にとって、新聞俳壇への投句は、それほど気が張ることではないのかもしれません。というのは、作品を発表しあう句会では、主宰であろうと、〝座〟の一員として投句し、選を受ける場面はよくあるからです。入選しても、しなくても、毎週の投句を楽しんでいる。そんな日々が、感じられました。

投句者のなかには、セミプロもいるのではないか。入選者の名前をながめながら、そう思うことも、少なくありません。手練《てだ》れの俳句をものする、常連さんと呼ばれる人たち。一度も結社に属したことのない、純粋無所属の私からみれば、たしかにレベルが違い、同じ俳壇で、あるいは何紙にもまたがって、縦横無尽《じゅうおうむじん》に活躍する人たちは、気になって仕方ありません。

ある新聞の俳壇で、毎週のようにみかける名前があって、すごいな、いったいどんなかたなのだろう、と思っていたところ、『俳句年鑑』(角川文化振興財団)を繰っていて、疑問がとけました。

そのかたは、いくつかの結社の同人だったのです。結社とは、主宰、つまりリーダーとなる人の俳句観や人間性に共鳴した人たちがつくる、一種のピラミッド型社会です。同人とは、その結社の発行する俳誌に、主宰の選を受けずに句が載る、いってみれば自他ともに実力を認められたかたのことです。

あらためて最近の実績を調べてみると、年に四十八回の掲載機会のうち、実に七割近くが入選しています。また、掲載された句のうち、六割を超す句には選者評がついており、一席の句は四分の一を超えています。もちろん、掲載のない月はありません。さらに、毎週の入選者のなかで、最低でも五席となっていて、その実力は、質量ともに抜きんでています。

かつては、俳句を修練する結社に参加するまでの、練習の場と見なされることも多かった新聞俳壇。しかし、最近では、プロもセミプロも積極的に参加する場に変わっているようです。

こうした傾向を後押ししているひとつに、ネットやSNSの普及があると思っています。つまり、デジタル時代の新しいツールが、アナログの最たるものともいえる新聞俳壇の在り方を変えつつあると。ネットやＳＮＳの機動性、即時性を知った人たちにとって、結社の俳誌（会員に閉じられた小さな世界）に作品を送るよりも、あるいはそれと同時並行的に、次なる機動性、即時性のある新聞俳壇（一般にひらかれた大きな世界）に、みずからの発表の場を求めてきているのではないでしょうか。

もちろん、新聞などへの投句は控えて結社に集中する会員も少なくありませんが、そうした意識も少しずつ変わってきているようです。『俳句』（二〇一七年十一月号）には、自分で自分の句を選ぶ力を磨く方法のひとつとして、結社誌へ投句して主宰の選を受けるほかに、「新聞や総合誌などへの投句ももちろんいい」（藤本美和子《ふじもとみわこ》）、「新聞投稿で選者を選べる時は、自身が目指す俳句観と同じ選者、その句風を慕っている選者を選ぶ」（広渡敬雄《ひろわたりたかお》）として、親身なアドバイスがなされています。

二十年前、藤田先生が捉《とら》えていた日曜俳句の風景は、確実に変化しているようです。

日曜俳句人口は、どれくらいなのか。いくつかの情報をもとに推計すると、楽しむ人は、百万人。では、実際に投句している人は？

二〇一七年一月一日の朝日新聞に、「『朝日俳壇』一一〇年」という見出しで、毎週の投稿数があきらかにされています。俳壇に約五千通、歌壇に約三千通。

文藝春秋増刊『くりま』(二〇一〇年五月号)、「本邦初公開」と銘打ち、作家の石田千さんがレポートする「『朝日俳壇』入選句はこうして決まる」という特集のなかでは、約六千通と記され、前出の『朝日俳壇2015』のなかでは、「六、七千句」と書かれています。

はがき一通に一句ですから、同じ人が複数句送るケースも少なくなく(実際、私は二句から四句送っていました)、投句者数ということになれば、さらに少なくなると考えられますが、それは少し脇に措《お》いて考えていきます。

新聞俳壇のうち、朝日だけが共選というシステムを採用しています。つまり、四人の選者が一堂に会して同じはがきにそれぞれ目を通し、各自の入選十句を決めています。ひとりで複数枚のはがき(俳句)を送っても、作風の異なる選者の目に、同時に留まるということは、可能性としてはきわめて低い。

とりわけ、同じ作者の異なる句が、異なる選に入るというケースは稀で、ほとんど目にすることはありません。私の知る最高は三句で、オランダ在住のモーレンカンプふゆこさんが、二〇一九年一月十三日、長谷川櫂選、大串章《おおぐしあきら》選、高山《たかやま》れおな選に、異なる句で入り、しかもそれぞれ評を得ているというケースです。一方、共選なので、同一の句を異なる先生が選ぶ例は、ときおり見かけます。

読売と毎日は、選者が四人。日経、産経、東京は、二人です。各紙とも、選者を指定して送るところが朝日とは違っています。

さて、読売俳壇に投句している人は、どのくらいの数にのぼるでしょうか。読売の場合、手がかりになるのが、『サラダ記念日』(河出書房新社、一九八七年)でおなじみ、歌壇選者の俵万智さんです。彼女はホームページで、毎週約二千通、寄せられると公表しています。これがいつの時点のものかわかりませんが、一応、参考になります。

また、同じ読売歌壇選者の栗木京子さんは、自身が所属する短歌結社の月刊誌『塔』二〇一〇年一月号における「新聞歌壇をめぐって」という座談会で、投稿数にふれて、「栗木指定で来るんですよね。二週間ずつ一遍に新聞社から来て、大体六百五十から七百ぐらいですかね」と述べています（「塔短歌会」ホームページから）。

栗木さんを含め、俵さん以外の三人の選者に、ほぼ同数の投稿があるとすると、読売歌壇の投稿総数は、毎週、およそ四千通となりますが、俵さんは、『サラダ記念日』以来の人気と知名度から、一種の特別枠に入っているので、通常ならば三千通と推定していいのではないかと思われます。だとすれば、読売俳壇の投句総数は、朝日と同等か、部数からみて、それ以上と見なすことができます。

なぜ、俳壇の投句数を推定するのに、ながながと歌壇の投稿数を調べてきたかといえば、同じメディアであれば、常に短歌よりも俳句の投句数がまさっていて、しかも俳句は短歌のおよそ二倍の数を集めるという傾向があると考えられるからです。私は、これを〝俳短二倍則〟と呼んでいます。

たとえば、NHKが年に一度開催する、全国俳句大会、全国短歌大会の応募数は、おおむね俳句四万に短歌二万。規定では、俳句はひとり三句まで、短歌は二首まで応募できるので、比率的には、朝日があきらかにした毎週の投稿数と、ほぼならぶことになります。

余談ですが、大きな書店にいって、俳句や短歌の本が陳列してある棚のまえに立つと、短歌の棚が一つあれば、俳句は二つ。俳句には、歳時記という強力な必読書も控えています。

こうして、発行部数や選者数などを勘案して、公表されていない各新聞俳壇の投句数を私なりに推定すると、おおよそ二千通から六千通になります。ひとりで複数句出す人、各紙にまたがって投句する人など、重複を考慮しても、この六紙の俳壇で、投句者はおよそ二万人と考えられます。また、全国紙の地方版や、地方紙にもそれぞれ独自の俳壇が設けられることが多く、新聞における日曜俳句のひろがりは、かなりの規模に達するのではないかと思われます。

テレビでは、どうでしょうか。『ＮＨＫ俳壇』の司会者を、二〇〇一年から四年間つとめたフリーアナウンサーの好本惠さんが綴った『俳句とめぐりあう幸せ』(リヨン社、二〇〇五年)では、投句数について、「全国津々浦々から毎回五千もの投稿句が寄せられる」と驚いています。「毎月の投稿葉書は全部で二万枚。段ボールに八箱です」とも明かしています。

応募要項には、はがき一枚に一句。二枚以上投句することもかまわないが、精選しての投句を勧めるとあって、事実上、一人一句。選者は四人。週替わりで担当するので、毎月二万人が参加するという見積もりは、すべての選者に送る人がいるとしても、それほど的外れでもないと思います。そして、年に一度の全国大会ともなると、さらにプラス二万人の応募があります。

などなど、いくつかの情報を手がかりに、独学でメディアに投句したり、まちの公民館やカルチャーセンターなどの俳句教室で句作に励みつつ、機会があればさまざまな規模の俳句大会に応募する、コアな日曜俳句人口は二十万人と推計します。この二十万人から、家族や知り合いと、つくらなくても関心をもつ人をひろげていけば、日曜俳句を楽しむ人は、百万人ほどにも。年賀状に、「日経、読んでますよ」とか、「朝日、ひさしぶりでしたね」とエールを添えてくれる親戚、友人も少なくありません。

この本も、『日曜俳句入門』ではなく、『百万人の日曜俳句』と、思い切ったタイトルをつけても、よかったかもしれません。

そもそも、結社などで修練している人たちも含めて、俳句人口がどれくらいあるかといえば、俳人協会の会長として活躍し、みずからも結社の主宰を四十年にわたってつとめ、現在も毎日俳壇の選者である鷹羽狩行《たかはしゅぎょう》先生は、『狩行俳句入門』(ふらんす堂、一九九七年)のなかで、吐露されています。「それでは俳句人口はいったいどれくらいなのか。これは総理府統計局にも、その数字はありません。どこまでを俳人・俳句愛好者と呼ぶかで、その数もかなり違ってきます。いつも私は百万人とも二千万人とも……と答えております」。

ながい投句経験をもつ私としても、百万人の日曜俳句は、いいところをついていると思うのです。

結社でもない。同人誌でもない。句会でもない。俳句教室でもない。
ひらかれた第五のルートとして、日曜俳句はある。

結社、と聞いて思い浮かべるのは、なにか。周辺にいる、俳句や短歌に興味のない人に聞いたところ、まず、フリーメーソン。それからマフィアでした。なんだか秘密めいていて、怖そうな感じ。お近づきになるのも、されるのも、ちょっと遠慮したい。でも、仲間うちの結束はかたい。

そんなイメージの浸透するなかで、堂々と、私、結社の会員です、と宣言できるところがあります。**俳句結社**です。

知り合いにも、何人かいますが、会員になるには、まず、俳句専門誌をひらきましょう。そこには、驚くほど多くの結社の広告が載っていて、選ぶのに迷うほど。代表や主宰の名が明記されているのは、当然ですが、なかには師系といって、そもそもわが結社は、かの著名な俳人の流れをくむものであると、併記されているケースもあります。

そうした情報のなかから、興味をもった結社に連絡すれば、多くの場合、見本誌を送ってくれます。そこで、主宰の方針や作風などが、自分のつくりたい俳句にあっていれば、入会。会費(俳誌代こみ)を支払い、これが結社を維持する財政的基盤となります。

実績と経験を積んだ主宰(先生)を囲む句会に出席して、褒《ほ》められたり、アドバイスを受けたり。俳誌に毎月、決められた数の作品を提出し、選に入ったり叶わなかったり、添削を受けたりして、俳句に揉まれていくというのが、結社の楽しくも苦しい日々と聞きます。今月まだ一句もできていないの、と電話口で溜息をついていた知人も、やがて認められて同人になったと聞けば、お祝いしてあげたくなります。

実は、日本最大の結社「ホトトギス」の名誉主宰にして、朝日俳壇選者でもある稲畑汀子《いなはたていこ》先生は、一度だけ、朝日俳壇に投句したことがあります。一九五一(昭和二十六)年三月十七日。二十歳の作品です。その一句は、

今日何も彼もなにもかも春らしく

として、いまでは先生の代表句のひとつとなり、日本経済新聞(二〇一八年九月十八日夕刊)の連

載コラムの略歴のなかでは、最初に紹介されています。

結社と違って主宰が存在せず、小規模で、会員が対等の関係で集まる同人誌という仕組みもあります。もちろん、要となる代表者はいますが、結社に部活の厳しさがあるとすると、同人誌は同好会の雰囲気。あるいは、教室型の講義に対して、円卓型の議論。そんな感じでしょうか。

メンバーがいつでも先生になれるくらいの、きっちりした力量をもっていて、相互に鍛えあげるほどの実力と理論が、一目置かれている同人誌もあります。前出の藤原龍一郎さんも、有力な同人誌「豈《あに》」の創立会員。白熱した議論がうかがわれます。

この同人誌の中心メンバーとして活躍したのが、攝津《せっつ》幸彦《ゆきひこ》。好きな俳人のひとりです。彼は、旭通信社(現、アサツーディ・ケイ)という広告会社に勤務したサラリーマン。一九九六年、四十九歳で亡くなるまで雑誌メディアを統括する部門の要職にありました。バブル経済の末期、私も勤め先の広告会社において短期間、雑誌部門に所属したことがあり、もしかすると、どこかの出版社のパーティーなどで顔をあわせる機会もあったのではないかと思い、もっと早く俳句の世界を知っていたらと残念でなりません。

手元にある『攝津幸彦選集』(邑書林、二〇〇六年)をひらくと、作者の肖像写真。次のページには、皇国前衛歌と題された十句が、石文みたいな特徴ある字で書かれています。前衛だけあって、光のあたる角度により、ずいぶんイメージが変わってきます。

〈幾千代も散るは美し明日は三越〉という一句があります。これは、「今日は帝劇 明日は三越」という、よく知られた戦前の広告キャッチフレーズを踏まえ、天皇制のもとでつづいた戦争を皮肉っている秀逸な句というのが大方の解釈でしょうが、キャッチフレーズを知らなければ、散華を賛美すると読むこともできます。

さまざまなことを考えさせてくれる攝津の十句ですが、私の好きな一句は、そのなかにはない〈黒船の黒の淋しさ靴にあり〉という無季の句。コピーライターとして静岡に三年ほど勤務したことがあり、そのとき訪れた下田の黒船祭の情景が、なつかしくよみがえってきます。

また、俳句好きが定期的に顔をあわせて、**句会**をひらき、〝座の文芸〟といわれる俳句を、思う存分楽しむ集まりがあります。

有名なところでは、小沢昭一(俳号・変哲《へんてつ》)や永六輔(俳号・六丁目)がメンバーだった「東京やなぎ句会」。俳句の十七音にちなんで毎月十七日を定例日とし、変哲氏など、この句会に出ることを最優先に、自分のスケジュールを組んでいたほどです。

小沢昭一『俳句で綴る 変哲半生記』(岩波書店、二〇一二年)によれば、「色紙に一筆」と言われると、よく書いていたのが、〈寒月やさて行く末の丁と半〉という一句。独特の語り口が聞こえてくるような、ちょっとしんみりした、それでもあきらめることのない庶民の姿がみえてきます。「藤田湘子先生が、句会で天に採って下さった句」と、小沢さんはあかしていますから、ここでも藤田先生、天性の素質をのばし、育てていらっしゃいます。

各地にあるカルチャーセンターや大学の公開講座、市や町の公共施設など、さまざまなところでひらかれている**俳句教室**も、俳句へはいっていく大切な入り口です。都下在住の友人は、定年後に市の公民館の俳句講座に通って、新聞俳壇の選者でもある俳人の教えを受けています。とても人気があって、空席待ちといいます。

そんな公共施設での句会から、はからずも知られるようになった一句があります。〈梅雨空に「九条守れ」の女性デモ〉は、二〇一四年、さいたま市の公民館でひらかれた句会で、七十代の女性が詠み、秀句に選ばれました。ところが、テーマが公共施設の政治的中立にふれるとして、いつもなら「公民館だより」に掲載されるのに拒否されるという事態になったのです。作者の女性は表現の自由を侵害されたと、市に対して訴訟を起こし、さいたま地裁、東京高裁も「思想・信条を理由にした不公正な取扱い」と判断(この間の経緯については、佐藤一子『「学びの公共空間」としての公民館』(岩波書店、二〇一八年)に詳述されています)。最高裁も二審判決を支持し、その結果、五年ちかくかかって、ようやく掲載となりました。

政治に過剰に忖度《そんたく》する行政のふるまいは、いまにはじまったものではないでしょうが、公共施設での表現の自由は、守られるべきでしょう。市井の俳句教室は、結社を超えた句会として、のびのびと楽しめます。

さて、俳句へアクセスするルートは、もっとも一般的な結社から、同志を募って結集する同人誌、むしろ集まることが楽しく、肩肘の張らない句会、先生もメンバーも流動的な俳句教室まで、それぞれレベルはさまざまですが、都合四つあります。

しかし、結社は、費用もかかる。同人誌は、ちょっと敷居が高い。句会の場所が遠くて、行けない。そもそも、膝が痛くて外出できない。人と会うのが、おっくう。定年で会社を辞めたのに、今度は結社か。などなど、いろいろな事情をかかえながらも、俳句は好き、興味があるという人はたくさんいます。

自分の思いを、五・七・五という、伝統の定型のなかで表現していれば、巧拙《こうせつ》は別にして、老若男女、それらしきものがつくれるのが、俳句です。

そうはいっても、誰かに見てもらいたいし、ほんとうのところの力がどんなものか、客観的に評価してほしい。自分のなかにある、自分でもとらえられない気持ちを外に出して、意見を聞いてみたい。そう私も思いました。

そこで第五のルートとして浮上してくるのが、日曜俳句です。新聞、テレビ、雑誌など、基本的に投句料はいりません。わざわざ出かける必要もありません。ひとりでつくって、はがきに書いて投函すればいい。最近は、ネットでもＯＫ。選に入れば、知り合いや昔のクラスメートなど、誰かの目にとまるかもしれません。選者の評をいただけることもあります。

結社にいても、同人誌に参加していても、句会を楽しんでいても、教室で勉強していても、やってみたくなるのは、もう仕方ありませんね。それが日曜俳句の魅力です。

日曜俳句なら、初心者の拙い俳句でも、独学の無手勝流でも、俳壇の大御所が、手にとって見てくれる。選ばれると、反響がある。

新聞などに投句していると話すと、「ほんとうに見てくれてるの?」「どうせ下読みの人でしょ」と、疑問とも、不審ともつかない、ひややかな視線が返ってくることがあります。たしかに、投句数が四万を超えるNHKの全国俳句大会では、予選会の選者がいますが、その名前もあきらかにされています。予選では、三人の選者が目を通し、通過作品が本選の選者のもとに届けられ、そこでの選が最終的な評価となります。

また、投句数が二百万近くになる、日本最大の公募俳句大会「伊藤園お~いお茶新俳句大賞」では、一次審査、二次審査、敗者復活審査・在宅審査と何重にも手順を踏んで、最終審査会へとすすみ、文部科学大臣賞はじめ、さまざまな賞が決まっていきます。しかし、こうした大規模の大会を除けば、どんな素人の、どんな作品も、一度は教えを受けたい俳壇の先生方が、実際に手にとって見てくれるのです。

小説なら、こんなことは絶対になく、選考委員が読むのは、最終候補の数作のみ。俳句ならではのメリットでしょう。

前出の『くりま』では、朝日俳壇の選句の様子が、石田千さんによってこまやかに描かれ、手にとるようにわかります。

最晩年の金子《かねこ》兜太《とうた》先生を追い、奇蹟のように最後のメッセージを収めた、河邑厚徳監督のドキュメンタリー映画『天地悠々　兜太・俳句の一本道』(二〇一九年)には、朝日俳壇の選句の模様が出てきます。

四人の選者は、毎週金曜日、築地の朝日新聞東京本社の会議室に集まり、六千通ものはがきに目を通します。これは、朝日だけが共選というシステムをとっているので、選者が一堂に会して選ぶ必要が出てくるからです。そのため、稲畑汀子先生は飛行機で上京されたりして、毎週かなりハードな感じのスケジュールをこなしていらっしゃるようです。

さて、一束三百枚のはがき。一枚に一句、手書きだったり、ワープロだったり、それぞれが思いをこめたはがきを、選者はわずか七分で目を通し、これはと思う一句を候補作としてわけていきます。金融機関で使っているようなゴムのサックを親指につけて。

三百枚を七分で？　と、疑問に思うかもしれませんが、大丈夫です。

『くりま』でも、「いい句は、飛び込んでくる感じがするの」と、稲畑先生はおっしゃっています。それは、ほんとうだと思います。

私は勤務先の会社で、広告について高校生が書いた原稿用紙十枚ほどの論文の下読みをしたことがあり、三年ほどつづけましたが、なれてくると、極論すれば、原稿を手にした瞬間、これはいい、これは残念、という判断が、タイトルや文字の勢いでほぼわかるようになり、最初の一行で、それは確信に変わります。きっと、選者の先生方も、「読む」のではなく、「見て」いるのだと思います。

こうして各先生が選んだ入選十句は、二週間後の日曜に掲載の運びとなります。私は、毎週月曜を投句日と決めていましたが、採否は多くの場合、朝日がもっとも早くわかり、そのほかもだいたい一か月後には判明します。

入選していれば、全国紙の場合、期せずして全国の知り合い、親族の知るところとなり、お祝いのメールが来たりします。システムとしては実にアナログですが、SNSの要素もくわわって、なんとも日曜俳句冥利につきます。

俳壇の大先生がきちんと読んでくださって、上位で選に入れば評もいただける。経費といえば、はがき代。読売、日経、東京は、ネットでも投句できます。自分の部屋から、ポチッとするだけで、届くというわけです(ただし、日経俳壇の黒田杏子先生には、はがき、縦書きというルールがあります。理由は、またあとで)。

Eテレの俳句番組では、間髪を容《い》れず反響があると聞きますし、どんな小さなメディアであっても、家族や友人からの「見たよ」「読んだよ」にまさる励ましはありません。

これまで表現に縁がなかった人にも、日曜俳句は踏み出す第一歩として楽しいルートです。しかも、いくつからでも、いくつになっても、はじめられる。日本語の勉強にもなる。いいことずくめだと思っています。

「機会均等」を重んじる朝日から、「年功序列」を大切にする読売まで、新聞俳壇には各紙の色合いが。

毎日新聞の「新聞時評」で、奈良大学の上野誠教授がふれていた、新聞各紙の「歌壇」「俳壇」が、レイアウトも含めて大差がないという指摘。しかし、こまかく見ていけば、それぞれ特徴があります。

日曜俳句をやってみよう。さあ、どこに投句しよう。さしあたって、いま定期購読している新聞からはじめるか。

そう、それがもっとも素直で、合理的です。なぜなら投句の選考法や選者の配列にも、各紙の色あいや紙面づくりのスタイルが反映されているように思えるからです。

まず、朝日俳壇を見てみましょう。他紙と際立って異なるのが、共選です。前にもご説明しましたが、これはすべての投句に四人の選者が一堂に会し、それぞれ入選句を選ぶという独特のスタイル。一九七〇(昭和四十五)年九月から始まったもので、選者は、山口誓子、中村草田《なかむらくさた》男《お》、加藤楸邨《かとうしゅうそん》、星野立子《ほしのたつこ》。当時の紙面には、「全国の投稿を一堂に集めて」という見出しの下に、「四氏共選で新発足」と謳《うた》われています。

わざわざ「全国」と断っているのは、なぜでしょうか。実は、それまで朝日俳壇は、東京本社、大阪本社、名古屋本社、西部本社ごとに、投句を募っていたのです。それがわかったのは、一九六九(昭和四十四)年十一月三十日の朝日俳壇、石田波郷《いしだはきょう》選の記事。彼の選評は載っていません。波郷は十一月二十一日、急死したからです。波郷は、投稿されたはがきを二十日朝に病院で受け取り、一日がかりで選句しました。東京・西部・名古屋本社あてのものです。そして、二十一日朝、選評の筆をとる直前、心臓発作をおこし、間もなく亡くなったのです。

かくして、大阪の朝日俳壇の選者であった西宮在住の山口誓子は、「一堂に集めて」の共選に参加するため、毎週かならず上京することになりましたが、新幹線で往復する生活は、俳句づくりの〝移動書斎〟に変わったそうです。

誓子が大阪本社版の選者となったのは、一九五七(昭和三十二)年四月からで、週替わりで虚子と選にあたるようになりました。

また、東京本社版で単独選をつづけていた虚子が、一九五九(昭和三十四)年四月八日、八十五歳で亡くなったあと、中村草田男、星野立子、石田波郷の三名で、「全投稿句に目を通し、それぞれがよしとする十句ずつを選び、選者評をそえます」(一九五九年五月三日)という、現在の原初形ともいうべきスタイルがはじまっています。ちなみに、読売俳壇も、かつては各本社ごとにわかれていて、現在のかたちに統合されたのは、朝日よりほぼ四半世紀後の、一九九六(平成八)年六月です。

選者にどのような俳人をあてるか。ここにも、新しい道がひらかれ、一九八七(昭和六十二)年、金子兜太先生が選ばれた際には、侃々諤々《かんかんがくがく》の議論が沸きおこったそうです。というのは、戦後の朝日俳壇といえば、すなわち高浜虚子といってもいいほど。その後も人間探求派とよばれた石田波郷、中村草田男、加藤楸邨はじめ、俳壇の主流がつとめていたのに、真っ向から対立するような俳人を指名したからです。

金子兜太。はじめて目にしたときは、なんと読むのかわからなくて、ひとつのかたまりとして漢字そのものを覚えていました。中学生のころ、新聞記事に紹介されていた句が、実に不思議なイメージを掻きたてるもので、読みのわからない名前とともに、つよく印象にのこりました。

著作『語る　兜太——わが俳句人生』(岩波書店、二〇一四年)の自選百句に、

銀行員ら朝より螢光す烏賊のごとく

として収められています。

こうした季語のない俳句はもちろん、政治スローガンを下敷きにした、社会性たっぷりの俳句もつくる兜太先生。『俳句αあるふぁ』(二〇一九年春号、毎日新聞出版)の特集「新聞と俳句」の年表には、「兜太の選者就任が招いた伝統俳句陣営の危機感が日本伝統俳句協会の創立につながった」とありますから、衝撃の大きさがうかがわれます。それもやがて落ち着き、その後、兜太先生が朝日俳壇の顔のような存在になっていったのは、ご存じの通りです。

いまでは四人の選者は、稲畑汀子先生(日本伝統俳句協会)、長谷川櫂先生(無所属)、大串章先生(俳人協会)、そして金子兜太先生のあとを継いだ高山れおな先生(現代俳句協会)と、すべての俳句団体から選ばれているという、目配りの良さ。どんな句がきても、誰かがきちんと受け止めますよ、という担当者の気持ちが感じられます。さらに、そのことは俳壇、歌壇のレイアウトにもあらわれています。

選者の順番は、一週ごとに動き、俳壇、歌壇は、一月ごとに左右でチェンジします。しばらく見ていないと、前回の位置とは選者がすっかり変わっていて、勘違いすることもあるようです。現に、ある友人と会ったとき、その週にはひさしぶりに俳句の掲載があったのに、「最近、朝日に出てないね」と心配してくれて、がっかりしたものです。

一方、読売俳壇ですが、俳壇は向かって右、歌壇は左とレイアウトが固定されていて、選者は生年順に上から降りています。

私が投句をはじめたころ、一番上は、森澄雄《もりすみお》先生(大正八年生)でした。二番目には、一九九九年に就任された三橋敏雄《みつはしとしお》先生(大正九年生)。三橋先生には、二〇〇一年十一月、次の句が選評をつけられて初入選しました(第2章参照)。

秋晴れや肩の凝りには効かねども

ところが、入選から一か月もたたないうちに、三橋先生は亡くなられ、福田甲子雄《ふくだきねお》先生(昭和二年生)が就任されました。先生は現在の山梨県南アルプス市の生まれ。飯田龍太《いいだりゅうた》の一番弟子といわれました。福田先生には、二〇〇四年七月、次の句がはじめて入選し、選評もいただきました。

山開き神事の衣青み帯び

しかし先生もまた、十か月後に亡くなられました。そのあとは、成田《なりた》千空《せんくう》先生(大正十年生)。中村草田男の愛弟子のひとりでした。二〇〇五年十月、次の句が初入選。このときも、選評つきでした。

雁渡る太宰治の眼窩《がんか》かな

だが、成田先生も二〇〇七年十一月に亡くなられました。あとを継いだのは、戦後生まれの小澤實先生(昭和三十一年生)。四人のなかで、もっとも若く、席は俳句欄の一番下となりました。

その後、森澄雄先生が勇退されると、矢島渚男《やじまなぎさお》先生(昭和十年一月生)が就任し、以前からつとめている宇多喜代子《うだきよこ》先生(昭和十年十月生)より、わずかに年長であったため、「新人」にもかかわらず、今度は、いきなり一番上にすわることになりました。

朝日と違って、読売の場合、選者を指定して投句します。したがって、選者の句集などを読みこんで、どんな傾向の俳句をつくるのか、育った風土が作品にどう影響しているのかなど、いろいろ勉強しながら、俳句づくりに取り組んでいきますが、これは決しておもねるわけではありません。

この点について、専門家はさらに具体的に指摘しています。『サラダ記念日』発行から三十年を記念した文藝別冊『俵万智』(河出書房新社、二〇一七年)のなかで、小説家・俳人の小林恭二さんの言葉です。「どんなに若い俳人でも、誰かに読ませるということを基本に置きます。だいたい選者をまず意識する」。

これは、前述の「新聞投稿で選者を選べる時は、自身が目指す俳句観と同じ選者、その句風を慕っている選者を選ぶ」(広渡敬雄)という指摘と共鳴しています。

成田先生は、生まれも育ちも青森。ふるさと青森を離れませんでした。そんなわけで太宰の句ができたときは、躊躇なくお送りしました。ですから、やっと慣れたあたりで選者が交代となると、またゼロからの出発となり、そのたびに句集を探したり、エッセイ集など渉猟《しょうりょう》することになります。

現在、読売俳壇は、上から矢島先生(無所属)、宇多先生(現代俳句協会)、正木《まさき》ゆう子先生(昭和二十七年生、俳人協会)、小澤先生(俳人協会)の順となっています。

読売のように、俳壇と歌壇のレイアウト、選者の位置を固定しているのは、産経俳壇も同じです。読売・産経と朝日の中間にあるのが、毎日俳壇、日経俳壇、東京俳壇です。毎日、東京は、俳壇の位置は変わりませんが、毎日の場合、選者は一週ごとに順繰りで移動。東京は、一月ごとに上下で交替。日経は、選者の位置は変わらないものの、俳壇、歌壇の位置が、一月で上下交替します。

なにげなく読んでいる俳壇、歌壇欄の紙面のつくりにも、各紙の特色が反映されているようで、妙に面白いものです。

最後に、選者についてふれておきましょう。

選者はみずから退任するか、亡くならない限り、辞めることはありません。いってみれば、終身制。亡くなった場合や、本人が体力の限界などを感じて勇退を決意すれば、後任については担当の部署(文化部、学芸部など)が、所属団体や結社のバランス、作風、年齢などを考慮して、白羽の矢を立てるようです。ただし、産経俳壇は、二〇〇五年四月に一新されました。一九九七年五月にも一新されたことがあり、異色です。

選者選考の一端を、正木ゆう子先生の『十七音の履歴書』(春秋社、二〇〇九年)からご紹介しましょう。

先生は、二〇〇一年二月から読売俳壇の選者となりましたが、読売新聞文化部の担当者から電話があったのは、前年の十二月。「このたび読売俳壇を二十数年間担当してこられた能村登四郎先生が高齢のため選者を降りたいと言われている、つきましては次を頼みたいという。(中略)人選は読売の文化部がしたが、能村先生の了解も得てあるという」ものだったそうです。

こうして思い切ったバトンタッチが実現したのです。

主な俳句団体は、四つ。それぞれ特徴があるので、俳句教室を選ぶときや、日曜俳句を送る選者に迷ったときなど、役に立つ。

これまで結社に属したことのない私ですが、実は俳句団体のひとつ、国際俳句交流協会（ＨＩＡ）の会員です。

会社を早期退職する際、当時の木暮剛平《こぐれごうへい》会長のもとにご挨拶にうかがったところ、話の流れで俳句を少しばかり勉強していることを知るや、よく来たとばかり入会させられたのです。というのも、木暮会長は沢木欣一《さわききんいち》に師事し、句集『飛天』（角川書店、一九九六年）をすでに上梓。敦煌《とんこう》で詠んだ一句〈子ら泳ぐ川は砂漠に消ゆる川〉が、大岡信《おおおかまこと》の『新折々のうた３』（岩波書店、一九九七年）で紹介されたほどの腕前。ＨＩＡの会長でもありました。

ＨＩＡは、年会費を払えば、誰でも入会できます。ほとんど実績のなかった私のような者でも、実際につくらないが俳句に興味があるというかたでも、かんたんに会員になれます。

ＨＩＡ以外は、俳句をつくっていることや、結社の会員であることが条件となります。公民館の俳句教室で句作に励んでいる友人は、ある俳句団体のインターネット俳句会に投句し、なかなかの成績をのこしています。年間の選句累計が三十句を超えたころ、メールで正会員になりませんかと勧誘されたのに、まだまだ未熟と遠慮しています。ちょっともったいない感じがしますが。

それではここで、主な俳句団体を設立順にご紹介します。コンパクトですが、俳句の国際化も含めて、戦後俳句の歴史が見えてくると思います。

現代俳句協会　戦後の文芸復興の熱気のなかで、俳人たちが大同団結。自由な俳句表現をモットーに、一九四七(昭和二十二)年設立。代表は、石田波郷。無季を容認し、自由律や現代かなづかいも認めるなど、新しい俳句をつくる意気込みにあふれていました。現在の会長は、中村和弘。前の会長は、宮坂静生。その前は、宇多喜代子。その前は、金子兜太。会員数は、五五〇〇名。

俳人協会　現代俳句協会の路線に対して、季題・季語を入れた「有季定型」を重んじる中村草田男などが脱退し、一九六一(昭和三十六)年設立。原則として、歴史的かなづかいですが、現代かなづかいの人もいます。現在の会長は、大串章。前の会長は、鷹羽狩行。会員数は、一万五〇〇〇名。

日本伝統俳句協会　虚子の唱えた花鳥諷詠、「ホトトギス」の路線を継承する団体として、一九八七(昭和六十二)年設立。歴史的かなづかいを堅持しています。会長は、稲畑汀子。会員数は、二八〇〇名。

国際俳句交流協会　俳句(HAIKU)の普及をめざすために、三団体の協力も得て、一九八九(平成元)年設立。俳句の国際化に貢献し、最近では、俳句をユネスコの無形文化遺産とする活動の中心を担っています。日本語のほかに、外国語での投句もできます。機関誌『HI《はい》』(HAIKU INTERNATIONAL)は外務省経由で一五〇か国の在外公館に送られています。会長は、有馬《ありま》朗人《あきと》(俳人、元文部大臣)。会員数は、国内五〇〇〇名、海外五〇名。

※会員数は、いずれも概数。内容は各々のホームページ等を参照しています。

季語の扱い、かなづかいの選択は、団体によって違いがあるので、市井の俳句教室に行かれる場合は、どのようなルールが適用されるか、一度、確認しておくといいと思います。無季もつくりたい、かなづかいは現代でやってみよう、と意気込んでいたのに、先生が日本伝統俳句協会の会員であれば、最初から齟齬《そご》が生じてしまうことになります。

新聞俳壇は、どんなかなづかいであっても問題はないと思いますが、無季はとらない先生もいるので、努力が無駄にならないようにしたいものです。新聞歌壇のなかには、時代のトピックやニュースをテーマにする「社会詠《しゃかいえい》」というジャンルの作品は、絶対にとらないと公言する先生もいました。俳壇にそんな例があるかどうか知りませんが、毎週の入選作品を読んでいると、ああ、この先生は社会性のつよい作品はとらないなと、わかってきます。

それぞれ路線に違いはあっても、ここに掲げた各団体の会長、もしくは会長経験者の多くが、全国紙の俳壇の選者であり、あったことがおわかりいただけると思います。

日曜俳句は、俳句界の第一人者が、先頭に立って選考されている、とても贅沢な場です。私のように各紙に投句している日曜俳人からすれば、新聞俳壇ほどすばらしい「句会」はありません。

ブログ、SNS。人類史上、かつてない書き言葉の氾濫のなかで、日曜俳句は、すてきな思い出、記念になる。

もう半世紀近くも昔のことです。広告会社でコピーライターとして勤務をはじめたころ、高級時計を扱っていた輸入代理店から、デジタル式の腕時計が発売されました。いまのように機能満載というわけではなく、針(アナログ)が数字(デジタル)に変わったくらいの、かわいい性能の新製品でしたが、当時としては画期的な商品でした。

その商品に、先輩のコピーライターOさんがつけたキャッチフレーズは、いまでもよく覚えています。

流れる時から「今」をとりだす

俳句にも、これに似た機能があると思います。ネット上には、日々おびただしい言葉が書き込まれ、交錯し、大量の情報が高速で、いや光速で氾濫している現代。家族どうしの連絡さえ、声で伝えあっていたものが、メールやライン上の書き言葉が主役となっています。

毎日、大河のように流れている言葉から、一滴の、忘れたくない、これだけは伝えておきたい言葉を、いまの私がすくいあげる。いまの私の気持ちを、つなぎとめる。そのために、俳句の果たす役割は、以前とは比較にならないくらい、大きくなっていると思います。それに俳句には季語がつきものなので、書いたときの季節、場面を容易に思いおこすことができます。たった十七音なのに、「今」が凝縮されているのです。

私の最初の「今」は、次の日曜俳句です。

ある大学のオープン講座を受けたとき、私としてはフランス詩を勉強するつもりだったのが、講師の先生が俳句にも詳しく、それまで季語にも旧かなにも興味がなかったのに、少なからず触発されました。先生は、詩人の宗左近。その縁で、宮城県中新田町《なかにいだ》(当時)のバッハホールでひらかれた俳句大会に顔を出したことがあります。

海暗へ問ふ人ぞなき渡り鳥

一九九九年、ＮＨＫ全国俳句大会に入選し、暮れの大会のあと作品集が送られてきました。三万を超える応募作品から、六千句あまりが入選とされたので、新聞俳壇にくらべれば、ずっと低い競争率です。それでも、はじめて活字になった作品と名前が載っているページは、輝いてみえました。

この句は、二〇〇〇年三月、会社を早期退職したとき、お世話になったみなさんへの挨拶状の締めくくりに、出発に際しての希望と不安を象徴するものとして、掲げました。なお海暗は、広辞苑にも出ていなくて、てっきり造語だと思っていたのですが、この稿を書くにあたり、ネットで検索したところ、有吉佐和子の小説のタイトルに、同名のものがあるとわかりました。そうか、頭のどこかにひっかかっていたのか。二十世紀の終わりには、露ほども疑ってなかったのに。

ともあれ、「問ふ」には、「訪ふ」の意味も隠れており、誰にも頼らない、しかし不安定な状況を「渡り鳥」に託すという、短詩型のなかに、これでもかという思いを自分なりに込めた作品が、日曜俳句のスタートとなりました。

「今」の典型は、俳句の場合、【嘱目《しょくもく》】といいます。あらかじめ与えられていた題、つまり兼題とは対照的に、句会などで集まったとき、その場で目についたことを詠むことをいいます。

地下鉄の大手町駅嫁が君

東京の築地市場が豊洲に移転するとき、あとに残った市場のネズミが銀座などへ大移動するのではないかと、ひととき話題になりましたが、この句は、その四年前、二〇一四年の正月、地下鉄千代田線の大手町駅のホームでみかけた光景そのままを、東京俳壇へ送り、翌月、小澤實選となったものです。

いま思えば、あのネズミたちは築地から遠足に来ていたのか。当時の驚きが、ホームの暗い側溝とともに蘇ります。「嫁が君」とは、忌み言葉で、正月三が日のネズミのこと。新年の季語です。

季語には、春、夏、秋、冬のほかに、新年という括《くく》りがあるのです。知らなければ、とっさに俳句にしようなんて思わないもの。SNSなどやったことのない私ですが、俳句によって、そのときのその場所を、こころに留めることができました。

おでん屋の笑ひのなかを退職す

掲句は、二〇〇四年十二月、朝日俳壇で金子兜太先生がとってくださったもの。評に、「こんな雰囲気のなかの勤めだったのだ」とひとこと。この句の「今」は、投句した四年前のことになりますが、実際、いまから考えると、私の勤めた広告会社のクリエーティブ部門というのは、摩訶《まか》不思議な世界でした。

営業や管理部門の社員は、もちろんスーツで決めていましたが、テレビコマーシャルやポスター、新聞や雑誌の広告などを制作するクリエーティブは、ほぼ自由。態度も、サラリーマンでありながら自由業の雰囲気と気分にあふれていました。なにしろ仕事が来ても、嫌だと平気で断る人がいたのです。

一般の試験のほかに、作文や適性試験、といっても、四コマ漫画の吹き出しにセリフを入れなさい、という類いのもので、受けてみたら専門職のコピーライターとして採用という、思わぬなりゆきで入社したのです。

研修を一か月ほど受けて、銀座の、第二次世界大戦中には、スパイ事件で知られるリヒャルト＝ゾルゲが出入りしていたドイツ紙の支局もあったという、かつての本社ビルが配属先でした。築地には丹下健三が設計した本館ビルがあり、銀座ビルは離れているので、さらに自由を謳歌していたのかもしれません。

ここからは、半世紀前のおとぎ話。新人として時間どおり出社すると、午前中は人影もまばら。フレックス勤務など制度上も世の中の考えでもほとんどなかったころ、クリエーティブ部門は、すでに「自主的」に導入していたのです(いまなら、ガバナンスとかコンプライアンスとか、外国製の呪文を唱えて処分されるでしょうが)。

たむろしているのは、日がな一日、ソファーに寝そべっていて、いつ、どこで仕事をしているのかわからないのに、ヒットCMをつぎつぎ飛ばしているプランナー。一流大学を出て、英語も堪能、なのにプレゼンがうまくいかなくて、しばらく行方不明になったコピーライター。スポンサー試写のとき、変更を求められて、話が違う、それなら警察を呼んでくれと、居直ったディレクターなど、多士済々。クリエーティブという世界がなければ、世の中に居場所はなかっただろうなと思う人は、少なくありませんでした。

残業の社屋の肩に冬の月

二〇一七年一月、小川軽舟先生が、毎日俳壇でとってくださったもの。評には、「肩と言ったところにわが社屋に対する親しみが感じられる。蕎麦でも啜《すす》って戻ったところか」とあって、さすが現役のサラリーマンでいらっしゃると思ったものです。

会社員時代のことをながながと回顧するよりも、この二句があれば、そこから思い出は一気にひろがっていきます。

息をするようにツイッターでつぶやくのもいい。フェイスブックの書きこみに集中するのもすばらしい。ラインをたぐってつながりを確かめるのも大切なこと。でも、日曜の夜くらい、外の世界は忘れて、自分に向きあってみませんか。いま考えていること、今週の忘れられない人や風景を、自分だけの思いがつまった一句にしてみる。その凝縮を、日曜俳句として、どこかのメディアに送ってみる。

幸いにも掲載されることがあれば、元気が湧いてきます。ＳＮＳとは違った新しいつながりも、生まれるかもしれません。仮に載らなくても、言葉の記念写真をたくさんとって、アルバムにまとめる。いつか、あなたなりの句集ができています。

いや、日曜俳句といっても、とても自分にはむずかしいと尻込みされるかもしれません。そんなあなたには、先輩のコピーライターＴさんがつくったキャッチフレーズを、お贈りしましょう。いまならＩＣレコーダーですが、当時はカセットテープの携帯用テレコ。四月の入社シーズンにあわせて、電車の中吊り広告として掲出されました。

社長も昔は新人だった

では、いっしょに、第2章にすすみましょう。

第2章

日曜俳句デビュー

右も左もわからなくても、五・七・五なら、かんたん。とにかく、つくる。おっと、歳時記だけは忘れずに。

平成最後の立春も近い日曜の午後、近くのなじみの理髪店に出かけ、いつもの手順で、いつものかたちに、頭を整えてもらいました。「医者と床屋は、かかりつけ」という生活スタイルのかたは多いと思いますが、そのときも、うつらうつらしているあいだに、きっちり仕上がっていました。終わったあと、談、たまたま過日の歌会始におよび、というのは、二〇一一（平成二十三）年、運よく入選した折、前日に、髭などあたっていただき、そのときの印象がいまに残っているのです。

そうするうち、話は俳句へと移り、理髪店のご主人、私より年輩なのですが、小学校六年生の修学旅行のときの出来事を語ってくれました。一泊二日、箱根の宿で、担任の先生が、箱根の俳句を一句つくりなさいと切り出し、思い思いにつくって発表したそうです。次の句が、それです。

苦があれば楽ある今日の箱根かな

七十年ほども前のことなのに、先生のいった「お前も苦労しているな」という感想とともに、一言一句しっかり記憶しているご主人は、そのときの情景をなつかしそうに、笑みを浮かべつつ話してくれました。

俳句としては、季語がはいっていないのが残念ですが、いきなり一句つくりなさいといわれ、四十人くらいのクラスのみんなが、ちゃんとこたえるわけですから、五・七・五という音数は、私たちにとってからだに染みこんだ韻律《いんりつ》といえます。

交差点に立てかけてある交通安全標語も、消防署から垂れさがっている防火スローガンも、たいていは五・七・五のリズムです。決まりはないのに、できてみたら、そうなっている。そんな経験を、小学校時代にもったかたも少なくないと思います。

だからでしょう、年齢制限もなにもない、日本最大の公募俳句大会である「伊藤園お〜いお茶新俳句大賞」の最高賞に小学生の作品が選ばれることも、めずらしくありません。

水切りは銀河を走る小石かな　稲葉《いなば》巧馬《こうま》

これは、第二十二回(平成二十二年)の文部科学大臣賞を受賞した、富山県小矢部市に住む小学五年生の作品。俳句にはじめて取り組んだのが、四年生のときといいますから、句歴一年。それで、この出来栄えです。

朝日俳壇では、十歳の小学生の男の子、小林凜《こばやしりん》さんが何度も入選し、『ランドセル俳人の五・七・五』(ブックマン社、二〇一三年)という本を出すまでになりました。八歳から十一歳までにつくった、百を超える俳句が収められていますが、単なる句集ではありません。低体重で生まれたこともあって、力が弱かったという凜さん。小学校に入学してから受けつづけたいじめの実態と、学校の不誠実な対応が、季節を詠んだ彼の俳句の合間に、ご家族によって綴られています。

終わらないいじめに、親子は五年生になって不登校を選択しましたが、ずっと支えになっていたのが俳句です。別の著書『生きる　俳句がうまれる時』(小学館、二〇一八年)によれば、「きっかけは、幼稚園のころに読んでいた『にほんごだいすき』という絵本」。「その後も、NHKのこども番組『にほんごであそぼ』で俳句に触れる機会があった」ということです。

いつのまにか自分の思いを五・七・五で表現できるようになり、家族のあたたかい見守りのなかで、三年生のときに朝日俳壇に思い切って投句したところ、次の句が長谷川櫂選となりました。初投句、初入選の快挙です。

紅葉で神が染めたる天地かな　小林凜

『ランドセル俳人の五・七・五』の「俳句への挑戦」を、凜さんは次のように締めくくっています。「今、僕は、俳句があるから、いじめと闘えている」。

いまや、小学校三年生ともなれば、俳句を授業で習いますから、凜さんに限らず、誰もが俳句づくりの素地はもっています。教科書を見せてもらったら、芭蕉や蕪村、一茶の有名な句が載っていました。ふるって投句すれば、新聞俳壇に載ることもふつうになると思います。

一方、高齢になってからの俳句デビューは、どんな感じでしょうか。二〇一九年一月二十一日の毎日新聞「男の気持ち」に、名古屋市の七十六歳の研究員、加藤國基さんが書いています。

「俳聖芭蕉の言葉に、俳諧は老後の楽しみになる、という教えがあります。

昨今は『俳句ブーム』で、テレビでも多くの番組が放送され、俳句作りに関する書籍も多く出版されています。たまたまそのいくつかの番組を見ていて『よし俳人(廃人ではない)になろう。乃公出《だいこうい》でずんばだ』と生意気にも思ってしまいました。まず『型』から入るのが『男の基本』なので、俳句の基礎から勉強する必要があると思い立ち、著名な俳人の句集、俳句の作り方、切れ字とは何か、季語集、文語文法などについての本を購入しました。(中略)

多作多捨の中、自信作を毎日新聞の『俳壇』に投稿しましたところ朝刊に掲載され、とても感激しました。たとえれば、初めて学術論文に自分の名前を見つけた時の気分でした。切り抜いて額に入れ飾ってあります」

きっかけは自信にあふれて、取り組みは具体的でがっちり。そして、とにかく、たくさんつくる。人生の練達ならではの粘り強さが、功を奏したのでしょう。新聞俳壇の入選作を額に入れて飾るなんて、ちょっと大袈裟に思えるかもしれませんが、ほんとにこんな気持ちになります。

そして、子どももおとなも、手元には歳時記を一冊。俳句は、紙と鉛筆があればつくれる、というものでは決してありません。子ども向けには、『大人も読みたい　こども歳時記』(小学館、二〇一四年)をはじめ、何冊かあります。おとな向けには、ポケット版や卓上版などの「紙」から、電子辞書やスマホに入れられるものまで、多種多様。選ぶのに困るほどそろっています。

ただ、最初は「紙」がいいと思います。ページを繰るうちに、思いがけない季語や多彩な例句に出会えるからです。電子辞書は、お目当ての季語にすぐ飛べるメリットはありますが、横書きというのが難点です。

歳時記の内容は、虚子の創始した結社である「ホトトギス」の影響のつよいものや、現代俳句の観点から一年を十二の月にわけて季語を分類したものまで、編集の仕方、季語の取りあげ方など、違いがあります。

実際に手にとってみれば、自分の使いやすい一冊があると思います。しかし、できれば複数もっておきたい。あちらの歳時記に載っているのに、こちらにはないというケースも少なからずあります。

たとえば、花粉症。『角川俳句大歳時記 春』(角川学芸出版、二〇〇六年)には、「杉の花」に関連した季語として収載してあるのに、『ホトトギス新歳時記 第三版』(三省堂、二〇一〇年)には見当たりません。それでも日常では使わない言葉の発見や、季節の動物、植物の知識を得ることは、とても楽しい。ふだんからふれておくと、気分もどこかゆたかになります。

デビューは、新聞俳壇に限らない。近くでも遠くでも、小さくても大きくても、投句できる機会は逃さない。

会社を早期退職してから、フリーのコピーライターとして小さなスペースの仕事場を確保しました。ポストに配られてくる地域の広報紙を眺めていると、歌壇・俳壇がある。対象は、在住、在勤、在学者。

二〇〇一年に応募したところ、次の句が入選しました。

覚めやらぬ空を塗りかへ春一番

このときは、瀟洒《しょうしゃ》な作品集を送ってきてくれましたが、いまでは特選の作品だけを広報紙に掲載という、簡素なスタイルに変わっています。

このほか、公募雑誌などをひらけば、俳句を対象にした催しが全国各地にあることがわかります。

夏の水ひかり束ねて何処まで

掲句は、二〇〇一年、大阪府などが主催した「第三回全国『水』の俳句大会」の入選作。実行委員長は、大阪府土木部下水道課長でした。雑誌『公募ガイド』で見つけ、応募したことも忘れていたころ、賞状と作品集が送られてきました。下水道フェスティバルというイベントを実施しており、どうもその一環らしい。いまは、ＮＰＯ法人に引き継がれて実施されているようです。

終戦忌君らの父は戦はず

「俳句甲子園」の入選句です。えっ、高校生でもないのに、と驚かれたかもしれません。一九九八年から松山市で、全国の予選を勝ちぬいた高校生が集まって実施されている「俳句甲子園」、正式名称を「全国高等学校俳句選手権大会」というイベントとは違って、こちらの「俳句甲子園」は朝日新聞社の主催。応募資格は高校生に限らず、開催地もなく、二〇〇一年が第三回。ただ、これが最後でした。

夏立つや一筆書きの飛行雲

このころは公募雑誌でコンクールを見つけては、つぎつぎと応募していました。掲句は、第十三回「伊藤園お〜いお茶新俳句大賞」に入選。いま読むと、さわやかなイメージのわたせせいぞうのイラストに、ユーミンのヒット曲のタイトル風を付け合わせた感じで、実に安易、恥ずかしい。

伊藤園の大会は、俳句ではなく、新俳句と謳っているところが、ミソです。季語や定型に、こだわらない。子どもからお年寄りまで、五・七・五のリズムに乗って、ごく自然に浮かんだ俳句でいいですよという、初心者にとっつきやすいスタイルです。

一九八九(平成元)年に四万句からスタートし、二〇一九(平成三十一)年には、二百万になんなんとする俳句が寄せられた、日本最大の公募俳句大会。小中高生が九〇パーセントを超え、一般部門(四十歳未満と、四十歳以上)を圧倒しています。学校単位での応募も多く、国語教育のひとつとして考えられているようです。

いかがでしょう。地元の自治体の広報紙から、全国規模の大会まで、新聞俳壇以外にも、投句のチャンスはひろがっています。歳時記片手に、無手勝流であっても、自分なりの方法でつくった句は、どこかに投句してみましょう。

入選したら、遠慮しないでいってみよう。楽しみにしてくれる人がいると、励みになる。俳句から、新しい輪がひろがっていく。

最初に活字になった句は、第1章でお話したように、会社を早期退職するときの挨拶状に添えました。

海暗へ問ふ人ぞなき渡り鳥

ただ辞めますと宣言するだけで、その後の予定もなにも決まってなかった、志はあったけれども確実ではなかった当時にあって、なにか自分自身、ものたりない気分でもあったので、それをイメージさせるツールとして、俳句という形式は、心地よくあってくれました。

初メール彼の地は未だ夜明け前

これは、二番目に活字になった句です。同じく、ＮＨＫ全国俳句大会の入選作。二〇〇〇年の十二月のことです。新しい世紀を迎えて、メールやインターネットが急速に普及しはじめていました。ただ残念なことに、選者に選んでもらえるほどの作品ではなく、その他多くの入選句のなかにひっそりと眠っていました。

この時点で、初メールとは、はじめて相手に送るメールではなく、新年に送るメールを意味しました。初電話に替わる新年の新しい季語として使えないかと、新しもの好きの習性を発揮して、つくったもの。元日そうそう、海外へ年賀メールを送っている状況をご想像ください。宛先は、時差から考えると、ヨーロッパあたりが該当します。

この作品は、二〇〇一年の年賀状に掲載しました。入選の知らせが年末に来て、タイミングがぴったりだったのです。

ということで、会社を辞めるときの挨拶状、そして次の年の年賀状と、知り合いにはひととおり、私が俳句をつくっているらしいという情報が伝わりました。そうなれば、もうやめられません。会えば、「どう？」と聞かれるし、「次は、なに。楽しみにしているよ」と声をかけられ、「がんばります」と答える。やるっきゃない、となります。

ちなみに、初メールは新年の季語として一応、認められたわけですが、いまでは季節に関係なく、初めてのメールということで、すっかり意味が変わってしまいました。もう、季語として成立しませんね。

二〇〇二年からは、前年の入選句を年賀状に転載することを、恒例としました。この決まりを自分に課すことで、さらにいっそう投句に励むことになりました。朝日、毎日、読売、日経、産経、東京。最初のうちは、投句規定ぎりぎりの、たとえば毎日の場合、選者ひとりに二句送っていましたが、とても追いつかず、毎週、選者ひとりには一作品という原則をたてました。

とにかく、つくる。目にしたもの、思ったこと、思い出したこと。歳時記片手に、五・七・五を量産しました。そのなかで、語順を変えたり、季語を交換したり、あの手この手で、毎週のノルマを果たすことに注力しました。

つくった句をはがきに印刷し、それを床にかるたのようにまいて俯瞰《ふかん》すると、見えてくるものがありました。この句はあの先生にあっているのでは。全体に季語が「春の宵」とか「春の夜」とか「春の昼」とか、時候に偏っているから、天文の季語でいいものはないか。歳時記を繰って、自分なりに選択、修正をくわえ、最終的な投句先を決める作業に、時間のたつのも忘れました。

最盛期には、俳句だけで毎週、はがきを十五枚ほどポストに投函していたことになり、郵便局サイドからみれば、いまどき貴重なヘビーユーザーだったと思います。

いろんな工夫や苦労をかさねながら、各紙に投句し、ときどき掲載されるようになると、不思議なもので、周辺からの反響もふえるようになりました。直接、電話をくれたり、メールに感想を書いてきたり。そうした人のほとんどは、実際に自分でつくっているわけではなく、たんに知り合いの作品が載るかもしれないという理由で、新聞俳壇に目を通してくれているのです。お世辞でしょうが、あなたの作品が読めるから、この新聞をとっているのよ、といってくれた人もいました。

私は、フェイスブックもツイッターにも手を染めたことがなく、SNSは遠い世界の話ですが、こうした反響は「いいね！」とか、リツイートに相当するのでしょう。若い投句者は、こうしたツールを駆使して、スピーディーでにぎやかな交流の場をもっているのが目にみえるようです。

日曜俳句、侮《あなど》るべからず。どんな小さなメディアであっても、掲載されたら遠慮なく話してしまいましょう。ひとりではないということを、実感する日々になると確信します。

新聞俳壇の選者。いったい誰に送ればいいか。まず、選者の句集や著書を読みこんでみる。すると、詠んだ俳句が選者とおのずから共鳴する。

朝日俳壇以外は、選者を指定して投句することは、すでにご紹介しましたが、では、誰に送ればいいのか。

まず必要なことは、入選した句を読んでみることです。花鳥風月を詠むことに関心が向いているのか、家族や人生について多く語っているのか、それとも仕事の喜びや悲しみに大きなウエイトを置いているのか。入選句は、自然に選者の人となりを教えてくれます。

日曜俳句という、読者にひらかれているメディア上の、一種の公共の句会は、選者と投句者がいっしょになってつくる〝座〟のようなもの。結社に入るとき、主宰の句風や人生観などに共鳴して参加するように、日曜俳句の場合も、選者を主宰とおなじように尊敬し、師事するつもりで向きあうことが大切。少なくとも、句集を手に入れて読みこむことは、当然のことであり、礼儀でもあると思います。

毎日俳壇の小川軽舟先生は、結社を率いておられますが、会社勤務もつづけ、単身赴任を経験されるなど、サラリーマンの哀歓をよく知る選者のおひとりです。

二〇一六年末に、先生は中公新書から『俳句と暮らす』を上梓され、さまざまな生活シーンのなかで生まれた俳句を、周辺の丁寧な描写とともに示されていました。なかに、「会社で働く」というタイトルの章があり、

サラリーマンあと十年か更衣《ころもがえ》

春月《しゅんげつ》や会社に過ぎし夕餉時《ゆうげどき》

ノー残業デーもものかは夜業人《やぎょうびと》

等々の句は、元サラリーマンとして、情景の一つ一つにわかる、わかりますと共感しながら読みすすめました。

日曜俳句には、会社員を前面に押しだした作品が、ちょっと少ないのでは。そんなふうに私

は感じていたので、年明けからの投句は、すでに終わったけれども、サラリーマン生活をテーマにした句をつくりますと、はがきの隅にささやかな宣言を書いて送りはじめました。

前出の一句〈残業の社屋の肩に冬の月〉が、実はシリーズ最初の入選作で、二〇一七年七月には次の句が掲載となりました。

黒靴の列ながくぢりぢり暑し

これは、コピーライターとして同期に入社し、その後、役員まで昇りながら、病に倒れた友人の葬儀を回想した作品。小川先生から、「例えば焼香の順番を待つ長い列。ローアングルで黒靴だけを見せながら人の心理まで描く」との評をいただきました。

選者の著作に共鳴して、投句することは、いい結果を生む。その好例を、二〇一八年毎日俳壇賞にみることができます。

冷麦は子供と食べるのが楽し　　矢澤準二

作者の矢澤さんは、受賞の言葉で、次のように述べています。

「その日観た聴いた感じた事物だけを、必ずその日に書く。この決まりで句作を続けてきました。二年前『俳句と暮らす』を読み、考えの近さに驚きました。著者の小川先生に選んでいただき二重の喜びです」(二〇一九年二月四日)。

さらに、小川先生の受賞者に寄せる言葉を読むと、投句者とのあいだでの気持ちの通じ合いがどれほど大切か、よくわかってきます。

「夏休みに遊びに来た孫と一つのちゃぶ台で冷麦を食べる。束の間の賑やかな時間が楽しいのだ。矢澤さんの『鋤焼や記憶の中の幾場面』も印象に残った。飲食の季語は私たちの共通体験を呼び覚ましてくれるようだ」(同)。

矢澤さんの二句は、生活の一場面を印象深く描いていて、私にはとても詠めない秀句です。句作の態度もまた、真似のできない真摯《しんし》なもの。すばらしいのひとことです。

ふるさとを同じくする選者がいれば、思い出や風景が共有できる。だからこその一句を送るのも、日曜俳句の楽しみ。

私は、福岡県若松市(現、北九州市若松区)で生まれ、小倉高校を卒業しました。小倉高校は、旧制小倉中学。著名な女流俳人のひとり、杉田久女《すぎたひさじょ》の夫、杉田宇内《うない》が美術教師として勤務していました。私の祖父も、小倉中学で英語を教えていて、同窓会名簿の職員録で確認すると、病気療養の時期をはさんで、一九一九(大正八)年から一九三九(昭和十四)年まで在籍していました。

一方、宇内の勤務歴は、一九〇九(明治四十二)年から敗戦後の一九四六(昭和二十一)年まで、なんと三つの時代にまたがっているのです。この期間、図画の教師として記録されているのは、彼ひとり。半世紀近くも、同一の学校で、たったひとりで黙々と美術を教えていたことになります。

実家には、宇内の描いた風景画(おそらく住まい近くの日明《ひあかり》海岸の松林)が、長押《なげし》に飾ってあったので、祖父とは浅からぬ交流があったようです。

久女は、せっかく東京美術学校(現、東京芸術大学美術学部)を卒業したのに、中学の美術教師として生きる夫に苛立ちをおぼえ、俳句をつくりはじめた自分を理解してくれない態度にも傷ついていたようでした。

そうした状況のなかで、家を出ていくこともできない自分を、イプセンの戯曲『人形の家』の主人公、ノラに重ねて、

足袋つぐやノラともならず教師妻

と詠み、これは彼女の代表句のひとつとなりました。しかし、今回、宇内の小倉中学での勤務年数を知って、妻のかたわらで影のように生きた彼の生涯を思うと、これもまたせつない気持ちになってきます。

小倉では、久女につづいて、橋本《はしもと》多佳子《たかこ》が登場しました。多佳子は、大阪の建築家であり実業家の橋本豊次郎と結婚。その後、会社の北九州出張所の駐在重役となった豊次郎は、小倉の高台に「櫓《ろ》山荘《ざんそう》」と名づけた、みずからの設計による三階建ての西洋館を新築。地元の文化サ

ロンとなった自宅において、吟行《ぎんこう》の旅の帰途に寄った高浜虚子を歓迎する句会がひらかれたことが、俳句にめざめるきっかけとなったのです。

彼女の句には、ドラマチックな感情にあふれたものが多いのですが、私は映画の一シーンのような、

乳母車夏の怒濤によこむきに

という句が好きです。北野武監督の『HANA-BI』(一九九八年)の終幕、海辺のシーンに、この句が静かに重なってきました。

前置きが長くなりました。久女、多佳子につづく、北九州市にゆかりのある俳人が、産経俳壇の選者、寺井谷子《てらいたにこ》先生です。現代俳句協会の副会長もつとめられ、俳人では少数派ですが、現代かなづかいを使用されています。

すぐに思い出すのが、

産むというおそろしきこと青山河

という一句。「といふ」でもなく、「てふ」でもなく、「という」という表記が、まっすぐで、新しい。これまでは、産む性としての立場からの、生命に対する畏《おそ》れ、不安、そして最終的には人間としてのつよい思いが、みずみずしい山河のなかであふれだす句だと感じていましたが、プラスチックごみが海洋を汚染するという最近のニュース画像を目にするにつけ、個人を離れ、人類として向きあうべき態度が含まれているというふうにも、思えてきました。とても生命力のつよい俳句だと思っています。

先生のご両親は、ともに俳人。父親の横山白虹《よこやまはっこう》は、九州帝国大学医学部を卒業し、炭鉱労働者の治療にあたるほか、病院の経営に携わりました。戦後は旧小倉市の市議会議長としても活躍していたことを、うっすら記憶しています。

さて、北九州市で、ご両親の創始した結社を継がれた先生には、地元を十分に意識した句を送ることがあり、とっていただくと妙にうれしくなります。二〇一三年九月の掲載です。

長崎忌閑かに小倉銀天街

評＝長崎へ投下された原子爆弾。その第一標的地は北九州小倉であったという。前日の八幡大空襲の煙で目視出来ず長崎へ。小倉の地での黙禱《もくとう》は閑かに深い。

小倉が長崎だったかもしれない。この挿話は、小さいころから折りにふれて耳にしました。掲句は、その記憶がもとになっています。

ただしくは魚町《うおまち》銀天街と呼ぶ小倉銀天街は、一九五一(昭和二十六)年に誕生した、日本ではじめて通りに屋根をかけたアーケード商店街。あかるく、雨の日は傘のいらない銀天街は、北九州市の端に住んでいた少年にとって、その名の通り、まぶしく、見上げるような存在でした。

北九州工業地帯の基礎をつくったのは、一九〇一(明治三十四)年に操業を開始した八幡製鉄所(現、日本製鉄)です。官営製鉄所としてスタートし、「鉄は国家なり」を地でいく繁栄と地位を築きあげました。

戦後もまた、目覚ましい発展をつづけ、工場の煙突からのぼる煙は七色の虹にたとえられるほど。旧八幡市の市歌には、「煙もうもう　天に漲《みなぎ》る」と謳われていました。

小学生のときに見た、木下恵介監督の『この天の虹』(一九五八年)は、当時の製鉄所で働く人たちのドラマです。しかし、国際競争の激化とともに、度重なる合理化を迫られ、結果、製鉄所内の遊休地を利用し、一九九〇年、宇宙をテーマにしたテーマパーク、スペースワールドが誕生しました。

このスペースワールド、各地に巨大な集客力を誇るテーマパークがつぎつぎと出現するなか、次第に競争力を失って客足が遠のき、二〇一七年末をもって閉園することになりました。

この秋思スペースシャトル売りに出て

それを惜しんで送った一句です。寺井先生でなければ、なんのことかわからず、選にはいることはなかったでしょう。俳句は、短い詩型です。ふるさとという共通体験は、大切にしたいものです。

ただし、寺井先生に直接うかがったところ、たんに福岡県、あるいは北九州市ということを理由に応募してきても、かえって厳しい目で見るとのこと。浅い郷土愛では、見抜かれてしまいます。

「男の子の「ゆまり」の俳句の投句先。選者にふさわしいのは男性、それとも女性？　微妙なケースに悩むことも。

その性でなければわからない体験を共有する。これもまた、選者を決めるときのチェックポイントのひとつです。

ただ、無意識に刷りこまれた偏見もあるので、注意が必要。あまり短絡的に、男なら、女なら、と決めつけることはやめたほうがいいでしょう。

きらきらとをのこのゆまり秋の風

俳句をつくっていると、「かんばせ」(雅語、顔の意味)とか、「ゆまり」(古語、小便の意味)とか、ふだんの生活ではほとんど使わない言葉を使ってみたくなります。掲句は、最近では見かけることのない、子どもの立ち小便の光景を詠んだもの。二〇〇八年九月、読売俳壇、小澤實選です。

選者の評には、「男の子の立ち小便を秋風が吹き飛ばしていく。飛沫《しぶき》が太陽にきらめいている。上五中七のひらがなも飛沫を感じさせていい」とあり、「不潔な感じがしないのは、『秋の風』の力か」とつづいていました。

この句ができたとき、誰に送るか、悩みました。

まず、男性の選者でないと、この気持ちはわからないだろう。いや、母親が自分の幼子がそうしたことをしているときには、どう思うか。いろいろな可能性を考えましたが、ここはやはり男性。では、そのなかで、誰に？

小澤先生に送ったのは、ちょっと冒険した句でもとってくれるのではないかという期待からでした。それは間違いではありませんでしたし、いまも小澤先生の進取な態度に変わりはないと感じています。

扇風機足でオンオフ風量も　　岩木利美

この句は、小澤先生が、二〇一八年読売俳壇年間賞に選びました。選ばれた理由を見てみましょう。

評＝扇風機の操作を手ではなく、足指で行っている。つける消すのみならず風量の調整までやっている。無精ではなく、手は別の仕事のために使っていそうである。きびきびしている。「オンオフ」という外来語の使用を含め、批判もあろうが、ぼくは評価する。生活に即した新しさがある。あくまで自由な感じがすばらしいのだ。

私も足指でやっています。机の下に置いた温風機の「強弱」の切り換え。手はキーボードの上で、中断するのが面倒なのです。なので、この句に共感します。

理解してもらえるか。ものの見方に新しさがあるか。選者の俳句観をよく知ることが、まず大切です。

そのためにも、繰り返しになりますが、少なくとも選者の句集は読んでおくこと。それなのに、つくることに熱心な余り、ハウツー本は売れるのに、句集はそうでもない。そんな嘆きともつかない声を、ある先生から聞いたことがあります。

最初からひとりの選者を師と仰いで、ひたすら投句する人もいるでしょう。句ができてから、選者を探す場合もあるでしょう。後者の場合、誰に投句するか、あまり迷うといい結果は出ないように思います。できた途端に、選者の顔が浮かぶ。誰が選ぶかわからない朝日俳壇の場合でも、四人のうちの一人の顔が、ふっとあらわれて、入選したときは、だいたいその通りになっています。

送るべき選者は、あなたではなく、俳句が決める。「あの先生に送ってください」。そんな声が聞こえてきたら、迷うことなく従いましょう。

「初心者だから、かなづかい、誤字、脱字など、間違いはある。掲載するときは、選者が添削してくれることも。

投句する場合、かなづかいをどうするか。どこかの結社に入っているのであれば、旧かな、新かな、どちらにするかは、その結社の決まりに従うしかありませんが、無所属であれば、好きなほうを選択できます。

どちらでも、自分の感覚にあったものにすればいいのですが、旧かな使用が大勢を占めているようです。私もそのひとりなのですが、理由としては、戦前の俳句は当然のことながら歴史的かなづかいなので、過去の作品を読んでいると、自然となじんできます。それに、これは感覚の問題なのですが、「あはれ」を「あわれ」と表記するには、どうしても抵抗があります。

芥川龍之介の自死に際して、友人の飯田《いいだ》蛇笏《だこつ》が詠んだ一句、

たましひのたとへば秋のほたる哉

を、現代かなづかいに変換した場合、その心情はどれほど伝わるでしょうか。

逆に、現代かなづかいを歴史的かなづかいに変更すると、また違ってみえる句もあります。月刊誌『世界』の投句欄、「岩波俳句」の選者をつとめる池田《いけだ》澄子《すみこ》さんの有名な、

じゃんけんで負けて蛍に生まれたの

の「じゃんけん」を、「じやんけん」と表記すれば、まどろこしくて、勢いがなくなり、潔さも消えてしまいそうです。このさっぱりとした感じが、私はとても好きです。ところで、勝ったほうは何に、誰に生まれたのだろうか。あれこれ想像すると、時のたつのも忘れます。

旧かなか、新かなか。どちらにするかは、まったく自由ですが、一句のなかでのかなづかいは統一すること。もし、複数の新聞俳壇に投句するのであれば、それぞれどちらのかなづかいか、決めておくことです。でないと、選者が添削する場合、どのかなづかいにまとめればいいのか、わからなくなってしまいます。

はじめて新聞俳壇に載ったのは、次の句です。

田植機のまはる向かうにさいたま市

東京俳壇、二〇〇一年六月。大串章選。浦和市と大宮市の合併を報じるローカルニュースの画面に、ミスマッチな風景がひろがるのを見て、投句したのです。うれしいと同時に、俳句に添削があることをはじめて知りました。原句は、こう書いていました。

田植機のまはる向こふにさいたま市

歴史的かなづかいに馴染みがうすく、音便形《おんびんけい》を使いなれていない初心者にありがちな誤りです。五・七・五を、【上五《かみご》】、【中七《なかしち》】、【下五《しもご》】と、わけて説明することがありますが、中七において、「向かう」が「向こふ」と、ご丁寧にも二か所間違っています(現代かなづかいならば、「向こう」)。ところが、掲載句では、ちゃんと訂正されていたのです。選者が添削してくれたことに気づき、恥ずかしいやら、ありがたいやら。それから、投句する前には、辞書を引く癖がつきました。

間違えやすいタイプは、だいたい決まっていて、「老い」を「老ひ」にしてしまったり、「植ゑる」を「植える」にして気づかなかったり。「添ふ」という文語を、かしこまった「添ひて」ではなく、「添ふて」とくだけたつもりが、旧かなでも「添うて」と書くと知れば、いったい……。文語文法をマスターしてしまえば、こうした問題は解決できますが、私にはちょっと無理。「習うより慣れろ」をモットーに励んでいます。

添削は、かなづかいばかりではありません。語順を変えたり、【切れ】を入れて、かたちを整えてくれることもあります。

切れというのは、俳句独特の用語で、一句のなかに詩的余韻をひびかせること。私は、座禅するときの警策の効果に似ていると思います。つまり、一句の姿勢が悪いときや、眠気を催すような内容のとき、禅僧が扁平な棒状の板で肩をピシッと叩くように、気合を入れること。もっともわかりやすいのは、「や」「かな」「けり」という【切れ字】を入れて、締めることです。いい句は、「切れ」が決まっています。

第1章であげた、三橋敏雄選の読売俳壇での入選句も、添削されていました(二〇〇一年十一月)。

秋晴れや肩の凝りには効かねども

評＝澄み渡った「秋晴れ」の爽気《そうき》を満喫しながらも、「肩の凝り」の自覚は昨日今日のことではないようだ。かえりみていう中七以下の措辞に知る軽やかなユーモアの妙趣。

掲載された句を見たとき、うれしいと思う反面、どこか変だなという気分があって、パソコンをチェックしました。投句は、すべてパソコンで清書して送っていました。原句は、次の通りでした。

秋晴れも肩の凝りには効きはせぬ

だらだらと散文的に流れていく元の句が、「や」という切れ字をピシッと入れることで、俳句になっています。掲載から一か月もたたない二〇〇一年十二月一日、三橋先生は八十二歳で逝去されたので、最晩年の添削と教えをいただいたことになります。

太平洋戦争中、海軍に召集された先生には、

いつせいに柱の燃ゆる都かな

という東京大空襲を詠んだ句や、

あやまちはくりかへします秋の暮

という広島の原爆死没者慰霊碑の碑文を下敷きにした句や、

戦争にたかる無数の蠅しづか

という時代の暗部を鋭くついた句があり、いずれも従軍体験者としての、どこかシニカルな視線が感じられます。そうした経験をもつ選者は、もうひとりもいません。

盗作はいうまでもなく、二重投句も絶対ダメ。作品という以上、最低限の品を忘れず、投句マナーを守ろう。

ネットやメールでも投句OKというメディアがふえてきたためか、マナー違反の作品が目立ってきています。十七音という短さにくわえて季語を使用することで、類想、類句の発生しやすい新聞俳壇に限らず、歌壇においても目にするのが、「入選取り消し」のお知らせ。そのことを私に考えさせてくれたのは、「読売歌壇・俳壇」です。

二〇一三年二月、読売新聞の歌壇・俳壇欄に、その後の嵐を予感させる「おことわり」が掲載されました。なんと三つの句が、「入選を取り消します」と判定されているのです。二つの句は先行句があるとして、残り一句は明治生まれの俳人の句にとても似ているとして。上五の状況、さらに中七と下五は同一ということからも、この判定は、やむを得ないと思ったものです。

さらに、三月にも「おことわり」が掲載され、四月には俳句は「既発表作」があるため、短歌は「二重投稿」のため、入選が取り消されています。これにつづけて、異例の告知を掲載し、応募規定に違反すると認められる作品は、以降、採用を控えると宣言したのです。

しかし、その後も、五月、六月と「おことわり」は絶えませんでした。一向に収まる気配はなく、ついに七月一日、私が〝取り消し三原則〟と呼んでいる規定が、発表されました。①盗作が明らかになった場合。②すでに発表されている作品の類似作と認められた場合。③二重投稿の場合。この三原則に抵触した場合は、故意のあるなしにかかわらず入選が取り消しとなることに。最新の規定では、ほぼ同一の推敲作の繰り返し投稿はやめてほしいと、釘をさしています。

これほど明文化されていなくても、どのメディアも、この三原則をもって対応しているはずです。

朝日では、投句規定に、「未発表の自作のみ」と明記していますが、これは日曜俳句の大前提。これが担保されていれば、〝取り消し三原則〟の①は、ありえないことです。②については、選者とメディアの判断に委ねられます。③については、本人の自覚をうながすしかありません。

公募俳句大会で、せっかく大賞をとったのに、すでに発表していることを忘れていて、のちに取り消しになった例を聞いたことがあります。

SNS全盛の現代、気をつけないといけないのは、投句した作品を、すぐアップしてしまうこと。仮に、一か月くらいたってから、新聞俳壇に入選したとすると、③の二重投稿になってしまいます。自分の俳句なのになぜ、と疑問に思うかもしれませんが、〝未発表の〟自作ではなくなっているからです。

読売の場合、俳句も短歌もネットから応募できるという、手軽さが少なからず影響していると思います。はがきでしか投稿できないなら、投函するまで考える時間があるでしょうし、一通につき六十三円かかるのですから、コスト的にも抑制がきくはずです。

しかし、ネットやメールを使うのなら、経費ゼロ。コピペすれば、詠むという意識さえもなく、ただ「丸移し」、機械的にやって、こころの葛藤など介入する余地がないのかもしれません。俳句の特性から、たまたま似てしまった不運なケースもあるでしょうが、その場合も「取り消し」はやむを得ません。

もちろん、新聞社側も自己防衛はしていて、前出の『くりま』によると、朝日俳壇の担当者は選者が入選作を選出したあと、二重掲載を避けるため、過去のデータベースから類似句がないか確認する作業が待っているそうです。

しかし、なにより頼りになるのは、読者の目です。かつて、地方紙からの盗用であれば、見つからないと思ったケースがあったようです。しかし、天網恢々疎《てんもうかいかいそ》にして漏らさず、アウトになったという話です。

二重投稿は、絶対に禁止です。新聞俳壇に送ったのと同じ句を、違うメディアや新聞俳壇に送り、どちらも載ったとしたら、責任はまぬがれません。

「没になっても、思い入れのある一句。再生するには、しっかり時間を。少なくとも一年間は寝かせておきたい。

毎週、毎週、それなりの句をつくって送るとなると、足りなくなって、これまで投句した作品のなかに没になって埋もれたものはないかと、パソコンのなかを渉猟《しょうりょう》することもめずらしくありません。

「没になった作品を、リサイクルすることはあるのですか」と、聞かれることがあります。答えは、イエス。といっても、ほとんどの場合、没とわかってから、一年間は眠っています。

一年間というのは、ふたたびまた同じ季節がめぐってくるまで、というくらいの意味です。夏の季語の作品なら、次の年の夏に読み返してみて、没になった以上は、どこかに瑕疵《かし》があるはずですから、これを時間の経過という冷静な目と、少しはましになった技術的な視点から、季語を変えたり、叙述をひっくり返してみたりと、点検するわけです。そのうえで、これならという作品に生まれ変われば、もう一度、かならず最初の選者とは別の先生にあてて送り出します。

花降りぬ有元利夫笛吹けば

産経俳壇二〇〇七年四月。小澤實選。この句は、実は三度目の正直で、ようやく掲載となりました。もちろん、そのままではなく、【季語の斡旋】（後述）など、少しずつ変えて挑戦しました。変わっていないのは、中七の、有元利夫です。その名を知らなくても、宮本輝の小説『錦繍』や『青が散る』の表紙を飾っているバロック風の絵なら目にされたかたも多いでしょう。

彼は、会社の一年後輩。年齢は一つ上でしたが、デザイナーとして入社してきました。記憶にあるのは、だらりとした肩掛けかばんに、草色のゆるい長袖シャツ、茶色のコーデュロイパンツ、どこかひょろりとした印象。四年浪人して東京芸大の美術学部にはいった彼は、新入社員なのに、すでにおっさんの貫禄がありました。

銀座の、同じクリエーティブ局の同じ階に配属されたので、いっしょにランチに出かけたりしましたが、どこかに飲みにいったことはありません。そのはず、彼は夜のおつきあいは遠慮して、仕事が終わると、ほぼ毎日、谷中の自宅へ一直線。絵筆をとっていたといいます。三年後、母校の講師に招かれるとともに、画家として独り立ちしました。

そんな彼は、自分で製作したブロックフレーテ（リコーダー）を演奏するのが楽しみのひとつでしたが、病気のため、三十八歳でこの世を去りました。

掲句は、小澤先生にとっていただくまで、ふたつの新聞俳壇に送りましたが、没でした。でも、考えてみれば、そもそも有元利夫が何者で、どのような日々を送っていたか、そのことがある程度わかっていないと、句のもつ意味、世界はイメージできないでしょう。先生の評は次の通りです。


評＝有元利夫の絵にはふしぎな静けさがある。この画家はバロック音楽を愛し、ブロックフレーテという縦笛を自身吹いて楽しんだ。散り行く桜の花に、若くして亡くなった有元を思う。


有元を詠んだ句に、いのちをあたえられた小澤先生に、こころから感謝します。

送った作品が没になったとしても、それで終わりではありません。推敲して、もう一度も、二度も、挑戦することは、イエスです。

投句は、はがきか、ネットか。最初は、はがきがおすすめ。しかし、無理に自筆で書くこともない。パソコンを使えば、自分の句帳にもなる。

ネットでも投句できる新聞俳壇を、最初にスタートさせたのは、いったいどこでしょうか。それは、意外にも、選者を年功序列で配し、レイアウトを固定している読売俳壇。なんと一九八九年九月から、パソコン通信での受付をスタートしているのです。一九九六年六月、俵万智さんが史上最年少、三十三歳で読売歌壇の選者に就任しており、私はこれを契機にはじまったとばかり思っていましたが、それより七年も前から実施されていたとは驚くばかりです。

次にはじまったのは、二〇〇八年の日経俳壇です。日経歌壇に付随して、というほうが正確かもしれません。この年の七月、日経歌壇の選者をつとめていた栗木京子さんが、読売歌壇に移籍し、そのあとに、若者からつよい支持を受けている穂村弘さんが就任。これを機に、日経の歌壇、そして俳壇の茨木和生《いばらきかずお》先生宛てには、メールで投稿できるようになりました。

一方、朝日俳壇は、読売俳壇とは対照的に、はがきしか認めていません。おそらくこれは、毎週一回、選者が朝日新聞東京本社の会議室に集まり、同じはがきに目を通すという共選システムを維持する限り、つづけていかざるを得ないでしょう。ネット経由のときは、別にプリントアウトして、選者に配布すればすむと思いますが、前出の『くりま』で紹介されているように、銀行員がお札を勘定するようなゴムのサックを親指にはめて、大量のはがきを繰っていく、なれた手つきには到底かなわないと思われます。

私は、はがき派でした。プリンターできれいに印刷すると、不思議なもので客観的に作品を見られるのです。そして、訂正が必要なものは、あらためて印刷する。投句をやめたはがきは、住所、氏名、作品を黒塗りし、一枚五円の手数料を払って新しいものと交換しました。

いつも使用するのは、お年玉の当選番号が決まったあとの、はずれ年賀はがき。実際に年賀状として使うほかに、その年に投句する予定分を大量に購入していました(百枚に二枚は、お年玉の切手シートがあたるわけですから、コスト削減につながります)。選者が、いちいちはがきの種類を確かめることなどない、とまったく気にせず使っていましたが、さすがに震災関連の句などについては、ふつうのはがきにしました。

住所、氏名も手書きせず、郵便番号、電話番号をまとめた住所印をつくり、はがきに押していました。さらにすすめば、宛先も印刷したシールを貼って、自筆がまったくない投句はがきが完成します。なんと事務的で、情緒のないことよと嘆くかたもいらっしゃるかもしれませんが、そうでもないのです。

読売俳壇の小澤先生は、「投稿 読みやすい字で」との見出しで、同紙のコラム「作句のポイント」に書いておられます(二〇〇八年四月十五日)。

「ワープロで印字したはがきも少なくない。情緒に欠けると思われる方もいるだろうが、明快。メールでの投句も増えてきた。現在、紙に横書きで印字されて手元に届くが、これも一目瞭然《りょうぜん》。一方、毛筆のくずし字でお送りくださる方がある。達筆すぎて解読がなかなかたいへん。筆記用具、書体による差別はないが、力不足のため読めないことも。手書きはがきの場合はしっかり楷書《かいしょ》でお願いします」

パソコンを使用すれば、知らないうちに、自分なりの句帳になっていて、投句が添削されていたときや、没句を見直して二度目の投句をしようとする際に、すぐ引き出せるので便利です。といって、ネットを利用して大量に送れば、日曜俳句の大漁につながるかといえば、そんなことは決してありません。

「一句に絞る」というタイトルで、読売俳壇の正木ゆう子先生は、「長年選をしていると、葉書に一句書いて出す人と、インターネットでたくさん出す人では、一句の方がだんぜん入選率の高いことがわかります」と、コラム「俳句あれこれ」で指摘されています(二〇一七年十二月十二日)。

もちろん、投句規定には、多くの場合、一句に絞ることとは書いていないので、複数出してもただちに却下されることはありません。前出『くりま』のなかで、金子兜太先生は、毎週ひとりで何百枚も送ってくる人の作品をきちんと読み、ある年の年間賞に選んだといいます。石田千さんによれば、「はがきの文字は、消えそうにちいさいのに、書かずにはいられないという必死さがあふれている」とのことでした。

しかし、ネットで見境なく大量投句すれば、どうでしょう。なにか伝わるでしょうか。日曜俳句は、一句入魂の気持ちを忘れずに、きれいなかたちで送るようにしましょう。

パソコンを使っても、俳句は縦書き、一行におさめることが基本。ネット投句も、まずは紙に縦書きに書いてから。

通常サイズの倍の大きさの文字ではがき印刷すると、私の使用するパソコンでは縦に十四字まで印刷できて、漢字が含まれているので、ほとんどの俳句が一行におさまります。オーバーする場合は、手書きで下に追加して、一行で読めるようにしています。

投句をはじめたころは、こんな配慮もなく、十四字を超えると、平気で二行にして送っていました。

だからといって、没になることもなかったのですが、次の句が掲載されてからは、心して投句するようになりました。

二〇〇二年九月、朝日俳壇。金子兜太選。評も再録させていただきます。

ひかりありひとかげはなしつくつくし

評＝吉竹氏。「ひかり」と「ひとかげ」、「なし」と「つくつくし」。韻の触れ合いが微妙に哀感を誘う。平仮名だけの表記が成功。

この句を、

ひかりありひとかげはなしつく
つくし

と印刷して送っていたのですから、ほんとにひどい。それでもとってくださった金子先生には、感謝の気持ちでいっぱいです。

はがきで投句することには、投函まで考える時間がある、きれいに印刷することで作品の粗も見えてくるなど、メリットは少なからずありますが、二〇一四年四月にはがきが値上げ（五十二円）されてからは、投句がネットやメールも可という場合は、積極的に利用するようになりました。

主要六紙の掲載日は、日曜(朝日、東京)、月曜(毎日、読売)、木曜(産経)、土曜(日経)とわかれてきましたが、投句する日は、一貫して月曜日です。前の週の結果が判明し、自信のあった句が没になっていたり、予想もしない句が入選していて、その理由はなんだろうと、自分なりに探り、反省もして、その週に投句する作品を選定します。

はがき一辺倒のときは、投函してしまえば終わりでしたが、ネットの場合はぎりぎりまで粘ることができます。月曜の夕刊の記事や、夜のテレビニュースを見ていて、はっとひらめいた作品、ことに社会的なテーマを扱っている場合は、もっとも新鮮なタイミングで送れるので、悪くないスタイルだと思えてきました。

一例が、二〇一五年八月、読売俳壇。矢島渚男選の句です。

夏帽子みな反戦のプラカード

これは、集団的自衛権の行使を可能にする法案を、一気呵成《いっきかせい》に通そうとする安倍内閣に対し、国会前に抗議をする人たちが集まっているニュースを見て、ただちに浮かんだ一句です。手近にあったメモ用紙に鉛筆で書きなぐり、しばらく置いてネットから送信しました。そのときの様子を、そのまま描いて送ったのがよかったのかもしれません。

原案を鉛筆で書き、表現など加減乗除する場合も、鉛筆であることは変わりませんが、はがきの使用量はぐっと少なく。代わりに、はがき大のメモ用紙に印刷し、それを机のうえにひろげて、最後の推敲をするようになりました。ただ、実際のはがきと違って、書き損じても実害はないので、その分、いくらか甘くなったような気はしています。

二物衝撃、一物仕立て、季語の斡旋などなど。独特の俳句用語を、例句を参照しながら、知っておこう。

俳句には、【二物衝撃】とも【取り合わせ】とも呼ばれる手法があります。季語をＡとし、その他の叙述をＢとすれば、Ａ×Ｂの掛け算のなかで、なにか新しい世界、驚きの発見を読者のまえに提示するというわけです。この場合、ＡとＢには、同時に存在する必然性はなく、作者が取り合わせることで、配合の妙と反応の結果を一句に結晶させる。いってみれば、言葉によって思わぬ化学反応の世界をつくりだすことです。

その一例を、戦前の俳句界において、新興俳句運動の先頭にたった俳人のひとり、日野草城《ひのそうじょう》の一句、

春の灯や女は持たぬのどぼとけ

に見てみましょう。女性にはない「のどぼとけ」という客観的な事実が、季語である「春の灯」という舞台のうえに乗せられると、どこか妖艶な世界を見せてくれます。二人の関係、しぐさまで、いろいろと想像されてきます。

春の灯やカフェに傾くモジリアニ

こちらは、二〇〇六年五月の産経俳壇。寺井谷子選の拙句。場所が明示されている点が、大きく違います。もちろん、傾いているのは、評で述べられたように、モジリアニの描く首の長い、細身の女性です。

一方、【一物仕立《いちぶつじた》て】という俳句のつくり方もあります。ひとつの事柄をストレートに表現する場合です。

富安風生《とみやすふうせい》は、逓信省《ていしんしょう》の官吏となり、次官まで出世し、一九七九(昭和五十四)年、九十四歳で亡くなりました。彼には、

まさをなる空よりしだれざくらかな

という秀句があります。

満開のしだれざくら。真っ青な空から、あたかも世界全体を覆い尽くすように、見事な咲きぶりで降りてきている。視線の動きが、そのまま一句となっています。

青空へ入りて戻らぬふらここよ

二〇〇六年五月。朝日俳壇、長谷川櫂選。ふらここことは、ぶらんこのこと。春の季語です。視線の動きが、しだれざくらとは逆になっています。

私の場合、すべての投句作品は、手元のパソコンに残っているので、没になって眠っている複数の句を、ひとつに合体させてみると、新しい一句が生まれることがあります。

使ってある言葉、季語、言い回し。自分なりの句帳をスクロールさせているうちに、A句の季語とB句の言葉が、突然、立ちあがり、結びつくのです。隣りあわせに保存してあった二つの句が、恋に落ちたように結ばれて、異なった資質がぶつかりあい、生まれた新しい世界。そのひとつが、二〇〇九年三月の読売俳壇、小澤實選の次の一句です。

囀《さえずり》やボールに臍《へそ》のありしころ

囀という春の季語と、むかし、草野球で使ったぶよぶよのゴムボールに臍があった記憶を詠んだ没句が反応して、一気に少年時代の春へと連れていってくれたのです。

この場合、「ボールに臍のありしころ」に、どのような季語がふさわしいか。取り合わせに、どんな季語をもってくるといいか。そうした作業を、【季語の斡旋】といいます。当時の風景から して、「げんげ田」(れんげ草畑のこと)など当てはまりそうなところに、鳥たちの「囀り」を置いたことがよかったのかもしれません。

もしかしたら、昭和三十年ごろの子どもたちの歓声も、そのなかにはいっていたのかも、と令和になったいま、思っています。

投句したら、最後まで見届ける。入選した句は、コピーをとってファイルに保存しておくと、あとあと役に立つことも。

手元で育てて、世の中に送り出した句は、いってみれば子どものようなもの。その行く末は、親としてしっかり見てやる必要があります。私のように、毎週、新聞六紙に投句していると、確認だけでもけっこうな作業となります。

自宅で定期購読している新聞は、掲載日の朝刊を見ることになりますが、多くの人がそうであるように、わが家も購読は一紙なので、他紙はどうするか。基本的には、図書館に行って、新聞がならんでいるコーナーで、目当ての新聞を探し、チェックする。載っていれば、コンビニに行って資料として買い求める。かんたんなようですが、これが、年々、たいへんになってきました。

ひとつは、掲載日が、ばらけてきたことです。今世紀の初めは日曜に統一されていたのに、徐々に、月曜、木曜、土曜と、紙面構成などの関係なのか多様となり、いまでは、チェックのために、週のうち四日は、図書館に足を運ぶ必要が出てきました。

さらに、団塊の世代がリタイアするようになってきてからは、図書館の新聞コーナーに集まる人数があきらかにふえてきました。

図書館以外には、役所の待合スペース、金融機関など、いくつか置いてあるところもありますが、経費節減の関係か、少なくなってきています。

チェーン店ではない、昔ながらの喫茶店、お蕎麦屋さんなどは、意外に健闘しています。自分なりのマップをもっておくと便利です。

こんなに動きまわるのはたまらないと、親族や友人に頼んで購読している新聞に載っているかどうか、知らせてもらう方法もあります。ただ、この場合は相手の都合によって、目にできなかったり、見過ごしたりすることもあり、最終的には自分の目で確認することが、どうしても必要です。

図書館の新聞も、翌日になればらくに目にすることができるので、遅れて確認し、載っていれば、新聞販売店に直接出向き、手に入れるという方法があります。しかし、新聞販売店には、せいぜい三日前くらいの分までしか保管していないので、あまり遅れてしまうと現物を入手できないことになります。

入選句は、原本のほかに、コピーしてファイルに保存しておくと、なにかと便利です。私は、すべてA4判にコピーし、ファイルブックの見開きの左ポケットに入れています。右のポケットには、俳壇の動きや俳句賞の情報、投稿欄のコラムなどを随時コピーし、資料として保管しておくと、自分だけの貴重な入門書として機能します。

俳句の入門書は、書店にも図書館にも山ほどあって、なにがいいのか選ぶのはたいへんですが、選者の先生の書かれたものは、とても参考になります。というのは、俳句に対する態度や、評価する句など、自然と開示されているので、投句する道標《みちしるべ》にはもってこい。俳句入門と銘打ってなくても、エッセイでも、先生の人となりがわかってくれば、それに応じて投句してみようという気持ちになってきます。

句をつくるうえでの方法論としては、私の場合、藤田湘子先生の『20週俳句入門』が初心者のときに、『新　実作俳句入門』(立風書房、二〇〇〇年)が少し経験をつんだときに、役に立ちました。たとえば、俳句の原型をマスターせよという箇所で、上五に「季語」プラス「や」を置いて切れをつくり、中七と名詞で決める下五をひとくくりの叙述にするということ。つまり、「取り合わせ」の勧め。わかりやすく、また俳句づくりのとっかかりとしては、とても有効な作法であると思います。

それでは、つくりはじめた日曜俳句をつづけるためには、どうすればいいか。また、その楽しみ方を、第3章でたずねていきましょう。

第3章

日曜俳句の続け方

継続は、力なり。解説を書き加えたりせず、俳句だけで勝負していれば、いつか結果につながってくる。

どんな小さなメディアであっても、日曜俳句をつくって、送ってみる。それだけで、発表の日が気になって仕方ない。あるいは、すっかり忘れていたのに、朗報が舞いこんできた。日曜俳句というアナログっぽい仕組みを使って、世の中になにかを発信することは、SNS全盛の時代にあっても意義が衰えていません。

結果をすぐには求めない、でも、なにかしら期待がもてる。ふだんとはちょっと違った感覚に、ひたってみる。SNSが自宅でいつでも使えるシャワーだとすれば、日曜俳句は泊まりがけで行って楽しむ温泉みたいです。

日曜俳句の〝座〟は、いろんなメディアでひらかれていますが、私は、新聞俳壇にいちばん馴染みがあります。たしかにテレビも全国的であり、すぐに情報が伝わるという点では、すぐれているかもしれませんが、時間に縛られるのは嫌ですし、録画するのも面倒です。その点、新聞は好きなときに、朝日、東京なら、日曜の朝、どれどれと紙面をひらき、載っていれば、朝食のすてきなデザートとなり、載っていなければないで、特選句の評など読んで句作の栄養とする。スタイルが自分好みでつくれるところが、とてもいいと思います。

朝日俳壇に投句したとしましょう。いまは毎週、五千句ほどが全国から送られてきます。しかし、掲載に至るのは、わずか四十句。百倍以上の競争率です。それでも新しく入選する人は、毎週かならずいるとのこと。同じくらいのレベルであれば、新しい人を優先する。これは、日曜俳句に限らないことでしょうが、デビューしたての新人には、ちょっと勇気が出てきます。

しかし目立ちたい一心で、作品のほかに、詠んだ場所や対象など、前書きを添えてくる人もいるようです。前出『くりま』のなかで、大串章先生は、「投句者と選者は、発信者と受信者です。自作の解説を添えてくるかたもいますが、そうすると、かえって発信する力が遠のいて、届かなくなってしまう。いい句は、受信者をひっぱりこむ。誘いこんでくれるのが、いい句ですね」と、述べておられます。

投句はがきには、住所、氏名など、規定事項のほかは、なにも書かないのがいちばんです。作品のみで自立し、評価されることをめざすべきです。

読売俳壇の小澤實先生は、コラム「作句のポイント」で次のように指摘しています(二〇〇八年五月五日）。

「句に自解を添えたくなったら、ご注意ください。句が完結していないことが多いのです」「自解だけでなく、絵も描き添えてこられる方もいます。俳句だけで勝負したいものです」

推敲した形跡をはがきに残すことも、あまり好まれません。字の上手、下手にかかわらず、投句はがきは、きれいにして選者の手元に届けることが、基本です。はがきを投函したあと、はっと気がつき、「訂正です」という断り書きを添え、原句に訂正線を引いたうえで出し直したことが何度かありますが、とられたためしがありません。

もっとも、どんなことがあっても駄目かといえば、許されるときもあるでしょう。産経俳壇は、はがきのみ。前書きが添えやすくなっています。

4　Bと青葉の日々のノートかな

二〇一一年六月、産経俳壇。宮坂静生選。選評をいただきましたが、読んでいくうちに、気になることがありました。

評＝一途《いちず》な学生時代。教授の講義を柔らかい4Bでひたすら筆記した。ノートには生まじめな字がぎっしり。あれから五十余年、爽やかな青春回顧の作。

当時、私は六十二歳。五十余年では、計算があいません。いろいろ考えて、次回の投句はがきに選評に感謝しつつ、ひとこと、四十余年のはずですが、と書き添えて投函しました。

遥かなりポール・ニザンの夏のごと

そのはがきで、送った作品です。ポール・ニザンは、フランスの作家。私の学生時代には人気があり、大学で教わっていた先生が翻訳していましたから、とりわけ親しみを感じていました。『アデン　アラビア』(晶文社、一九六六年)の書き出しは、名言として知られています。「ぼくは二十歳だった。それがひとの一生でいちばん美しい年齢だなどとだれにも言わせまい」(篠田浩一郎訳)。

めったにしない前書きでしたが、青春を回顧する一句を送りつつ、ひとこと補足させていただきました。それが通じたのかどうかわかりませんが、一か月後の俳壇に掲載されました。そうですか、と、宮坂先生の声が聞こえたような気がしました。

掲載される、されない。そんなことには関係なく、投句をつづければ、選者の先生との交流はなにかしらはじまっている。いつか実感する日はきっとくる。そう思っています。

読売俳壇の正木ゆう子先生は、コラム「作句のポイント」で、「今年五十二回目の投句です」と添え書きのあるはがきにふれて、こう書かれています(二〇〇八年九月一日)。

「一週も欠かさず出されたわけで、しかも全部没だったという。そうだったのかと申し訳ないが、選句をするときは俳句だけを見るので、選者としてもどうしようもない。(中略)『気落ちはありません』と続けて書かれていたのが救いだが、こういう方は毎週の入選句を楽しむうちにいつかきっとコツを会得されることと思う」

「たゆまず作って出して、結果に頓着しないこと。人の良い句を楽しむこと。それこそが俳句の心であって、それはプロの俳人でも同じである」

没がつづいても投句をやめず、さあそろそろかなと新聞をひらくまでが楽しく、またしても没であっても他の人の句を読むと、がんばる気持ちがわいてきます。

季節の移り変わり、日々の暮らしの喜怒哀楽。俳句の対象は無限だが、つづけるうちに自分のテーマが見つかるといい。

新聞俳壇の投句者の声を聞けるのは、朝日俳壇賞、毎日俳壇賞、東京俳壇年間賞の発表の時だけです（読売俳壇の年間賞は、投句者の声はありませんが、選者評が読み応えあります）。なかでも、毎日の場合は、受賞者、選者ともにコメントが充実しています。

働かぬことにも慣れて日向ぼこ　　重親利行

二〇一八年毎日俳壇賞、片山由美子選の作品。作者の重親利行さんの受賞のことばに注目しました。

「私は季語のうち『生活』と『行事』を詠むのが好きで、この度の句が受賞したことは今後の励みとなります」

しっかりと地に足のついた暮らし、変わることなくつづいている日々が想像され、ちょっと羨ましくなります。

ひるがえって、自分にあてはめてみると、季語については、それほど偏りはありませんが、特徴的なテーマとして目立つのは、イタリアです。二十世紀も押しつまったころ、毎年のようにイタリアに出かけ、北から南まで、主な都市を訪れ、シチリアの古代遺跡やヴェネツィアのカーニバル、教会や美術館も、時間のある限り足を運びました。

朝日俳壇にぽつんぽつんと投句をはじめたのは、会社を辞める少し前、一九九九年ごろ。退職してからは毎週かかさず、歳時記をひっくり返しながら作句の日々。しかし、いくら投句しても掲載されない。俳句の作り方の本を、読んでみる。過去の俳人の代表句をまとめたアンソロジーも、ひらく。しかし、没、没、没。

朝日俳壇は、一九〇七(明治四十)年にはじまった歴史があり、投句者も多く、掲載されると赤飯を炊いて祝うという噂も聞いていたので、むずかしいとはわかっていたものの、毎週、いや毎年つづくと、それはしんどいものです。向いてないかなと思いはじめたころ、やっと載りました。

投句をはじめて三年目。意思の上にも三年です。

露台よりローマを君と抱きしめむ

二〇〇一年八月、金子兜太選。よく使われている季語では差がつかないと思い、歳時記をひらいては知らない季語をピックアップし、例句とはシチュエーションを変えてみるなど、試行錯誤。バルコニーは露台《ろだい》といって、夏の季語と知ったとき、さっそくイタリア旅行を舞台にした作品を送ったのです。ちょっと『ローマの休日』のイメージでしょうか。はじめての朝日俳壇に、はじめての選評もついて、赤飯どころではありませんでした。

評＝ベランダから夏のローマを見渡し、街とともに君を抱きしめる。しゃれた句だ。

この選評が、どんなに投句するエネルギーになったことでしょう。以後、スランプになると、イタリアの思い出を一句によみがえらせました。

次の句は、一年近く朝日俳壇にごぶさたがつづき、このままでいいのかどうか自問していたころに、送ったもの。すべて清音《せいおん》(濁点・半濁点をつけないで表す音)で、五・七・五が「シ」音ではじまることから、自分でも好きな一句です。

新緑やシチリア産の塩をふる

二〇〇三年五月、長谷川櫂選。つくづくイタリアに救われたと思ったものです。

さて、オランダ在住のモーレンカンプふゆこさんは、第1章でもふれたように、同じ日の朝日俳壇において、異なる選者に、いずれも異なる句で入選し、しかも選評をもれなくいただいているという、とんでもない才能をもった人です。

自由愛す熟れし葡萄の木の下に　モーレンカンプふゆこ

「葡萄《ぶどう》」の掲句で、彼女は一九九二年朝日俳壇賞(金子兜太選)を受賞しました。モーレンカンプふゆこ句集『定本 風鈴白夜』(冬花社、二〇一二年)の略歴を拝見すると、アムステルダム日本人学校補習校にながく勤務し、オランダ文化教育学術省「日本研究プログラム」教師としてライデン大学に勤務とあります。

うたのはしはしにはヨーロッパの香りとともに、故国を離れ、オランダで結婚、永住した異邦人としてのさびしさも私には感じられ、彼女ならではの世界が、たしかに打ち樹《た》てられています。

テーマというのは、外国のことでもいいし、自分の仕事のことでもいいと思います。他の人とは違った思い出や経験など、自分という存在がつよく印象づけられるものがあれば、きっと継続する原動力になってくれます。俳句づくりをつづける自己の体幹として、なにかひとつ持っていれば大きな自信になります。

季語があるので、実質、使えるのは十音程度。類想をおそれていては、発展はない。類句か、そうでないか。決めるのは、時間。

盗作や二重投稿が論外なのはいうまでもありませんが、俳句の場合、厄介なのが五・七・五という短い詩型であるうえに、ほとんどの場合、季語を入れるので、自身の言葉として使えるのは、十音程度。これまでに大量の句が世の中に出ていることを考えると、似ていると指摘されることは、十分ありうることです。【類句】とか、【類想句】と呼ばれています。

私は、一度、ある結社を主宰する先生の講演を聞いたことがあります。そのなかで、自身の句が、なんと門弟のひとりの句にうり二つであった顚末を、つつみかくさずお話しされました。後発は、先生の句でした。

類句については、昔からよく知られた句もあります。後発の中村草田男の句は、ご存じのかたも多いと思います。

獺祭忌明治は遠くなりにけり　　志賀芥子

降る雪や明治は遠くなりにけり　　中村草田男

草田男の句は、「や」「けり」という【切れ字】を同時に使用した成功例としても、よく引き合いに出され、ある意味、とても幸せな作品です。一方の芥子《かいし》は、詳細がよくわかりません。草田男の「降る雪や」の句に付随するかたちで取りあげられるのみ。「遠くなりにけり」が、いっそうさびしそうです。

ここで、獺祭忌《だっさいき》とは、正岡子規の亡くなった九月十九日のこと。「降る雪」とは時期が異なります。

なお俳句では、亡くなった人を偲んで、○○忌という季語が、設定されることがよくあります。○○忌は、俳人に限らず、作家など、著名人のケースも多々あり、どこまでという線引きはむずかしい。三島由紀夫が自決した日は、三島忌、憂国忌と呼ばれることがあり、実際、私も詠んだことがあります。ただ、きりがないという批判もあって、今後ふえるかどうかは疑問です。

また、獺祭忌は、子規忌ともいいます。獺祭はカワウソのことで、広辞苑(第七版)によれば「カワウソが多く捕獲した魚を食べる前に並べておくのを、俗に魚を祭るのにたとえていう語」であり、「転じて、詩文を作るときに、多くの参考書をひろげちらかすこと」です。子規の忌日に、獺祭があてられたのは、書籍や反故《ほご》が盛大にひろがった書斎を、「獺祭書屋」と呼んだため。言い得て妙です。

先述の講演会で、主宰の先生は、みずからの実例を踏まえつつ、「類想をおそれるな」と断言されました。盗作はもってのほかですが、類句の場合は、ほんとうに判断に迷います。俳壇の選者も担当者も、俳句に限らず、短歌まで幅広いアンテナを張ってはいるものの、すべての入選作について異同を認識することは、ほとんど不可能です。

私は五十歳ごろから俳句をつくりはじめたので、いくら名句を読んでも記憶にのこりませんが、若いころに読んだ名句や名歌が、頭のどこかにしみこんでいる。そんなかたもいらっしゃるでしょう。

朝日俳壇の入選作は、年ごとにまとめられて一冊の本になっていますが、『朝日俳壇2004』(朝日ソノラマ、二〇〇四年)のなかで、長谷川櫂先生は、「類句のことなど」と題し、年間をふりかえっています。

「昨年は類句の取り消しが目立った年だった。もっともすでに活字になった句でも駄句は山のようにある。そんな駄句に似ているからといって同工の句が一切採用されなくなるのはおかしな話である。あとで詠まれた句でも優れていれば、当然残さなければならない。ただ、どちらが優れているかは一概には決まらないことが多い。だから、類句に対してもっと大らかに対した方がよい。人の句に対して類句であると目くじらを立て、まして自分の句の類句だなどと騒ぐのはまったく品がない。類句で大騒ぎする人は類句を詠んだ人より浅ましい」

類句か、そうでないか。それは誰でもない、時間が決めること。かりに類句の問題が、自分に発生したとしても、それで日曜俳句から手を引く必要はありません。もっともっとつくって、もっともっと句集を読んで、自分をゆたかにすることがつづけていくエネルギーになってくれます。

季語は、いかにして季語となるのか。「万緑」も、最初はひとりの俳人の一句から、ながく使われるようになった。

季語というと、誰が決めるのか、なにか機関のようなものがあるのかと、質問されることがあります。杓子定規《しゃくしじょうぎ》に、季語制定委員会などというものが、俳句団体に設置されているわけではありません。使っているうちに季語は自然に定着してくる。ここでも、時間の果たす役割は大きなものがあります。

萬緑の中や吾子の歯生え初むる

これも中村草田男の句ですが、教科書に載っていて、ご存じのかたも多いでしょう。夏の季語となっている「万緑」は、高浜虚子が『ホトトギス』に投句された草田男の作品をとったのが、最初。この句をつくった草田男もすごいけれど、それを見逃さなかった虚子もすばらしい。

プロデューサーとしての虚子先生の慧眼《けいがん》には、恐れいるしかありません。

それまで季語でもなんでもなかった「万緑」は、この句が有名になって定着したのです。草田男は、この季語に思い入れが深かったのか、みずからの結社を「萬緑」と名づけました。

季語には、旬があります。万緑を歳時記で引くと、「夏」という区分のほかに、《三》という記号がついていることがあります。これは、夏を三つに区分して、《初》夏、《仲》夏、《晩》夏の、どの時期であっても、使用することが適当であるという意味です。

「葉桜」を引くと、《初》。立夏からはじまって、おおむね五月。「入梅」なら、《仲》で、だいたい六月。「海の日」なら、《晩》となり、七月から立秋まで。それぞれの季語が、夏のどの時期にふさわしいかも、教えてくれています。「万緑」は、《三》なので、夏のどの時点でも違和感はないということです。

ということで、投句するときは、その季語がもっとも輝くときが、ふさわしい。選者の印象にもつよく残り、効果的です。どんなにいい句であっても、夏に冬の季語の俳句を送っては、浮かばれません。そのあたりの事情を、読売俳壇の正木ゆう子先生は、コラム「作句のポイント」で指摘しています(二〇〇八年九月八日)。

「投句は是非とも当季で。良い句でも、あまりに季節がかけ離れているために没になることが少なくない」

　また、お話しする機会のあった寺井先生は、「一歩先を見るのもいい」といわれました。それは、投句から掲載まで、おおむね一か月のタイムラグがあり、特に季節のはざまでは、晩春に詠んだ句が、掲載は初夏となるわけです。そのあたり、ちょっと考えておくと、いい結果を生むことにつながるのでは、ということです。

花束に隠るる男年度末

　二〇〇九年三月。読売俳壇、小澤實選。いただいた選評に、「『年度末』を季語として扱っているのは初見」とあって、わが意を得たりとうれしくなりました。というのも、歳時記に載っていないのは承知の上で投句したからです。

　それだけでも手の舞い足の踏むところを知らずだったのに、驚いたのは、掲載が年度末の三月三十日となっていたことです。なぜなら、投句したのは二週間前。通常なら新年度になって掲載されるところを、例外的なスピードで選句していただき、掲載までもっていってくださった。小澤先生みずから「一歩先」を視野に、句がもっとも生きるタイミングを配慮されたのです。感謝するばかりです。

さて、「年度末」が季語として定着しているのか。最新の歳時記をひもといても、載っていません。

ともあれ、自分の句から新しい季語が生まれるかもしれないという夢は、投句をつづけていく大きなエネルギーとなったことは確かです。いつか、日曜俳句から新しい季語が生まれることを期待しています。

季語を使わない俳句もあるが、日曜俳人にはハードルが高い。有季定型で挑戦していくことが、確実でながつづきする秘訣だ。

俳句のなかには、季語を使わない【無季】というジャンルがあります。戦前、沖縄と、郷里の鹿児島の中学校で教師をつとめた篠原鳳作《しのはらほうさく》に、その代表ともいえる一句があります。

しんしんと肺碧きまで海の旅

という、結核のため三十歳で亡くなった俳人の掲句は、季語はないのに、いや、それだからこそ、どこまでも碧《あお》い南の海と空が眼前にひろがってきます。

しかし、無季で俳句をつくるためには、一から舞台を設定する覚悟が必要です。五・七・五という短詩型で、情景や心象を表現するためには、季語という、共通理解の舞台、とっかかりがあるとないとでは、初心者にはまったく異なる感触となります。

といって、無季の俳句にまったく関心を寄せる必要などないかといえば、むしろ逆だと思っています。無季の俳句の発想を換骨奪胎《かんこつだったい》し、有季の俳句として新しく生まれ変わるように、挑戦する。これは、盗作でも剽窃《ひょうせつ》でもありません。

無季の俳句のなかで、好きな一句といえば、林田紀音夫《はやしだきねお》の〈黄の青の赤の雨傘誰から死ぬ〉が、ナンバーワンです。作者は、ながく大阪に住んだ人。一九九八年、七十四歳で亡くなりました。無季の俳句にいのちをかけたといっても過言ではありません。もちろんこの句も、季語は、なし。誰にも平等に訪れる死を、日常のなにげない光景のなかで描いて、どきりとさせます。

色とりどりの傘が集まった会合。若い人が中心でしょう。にぎやかな話し合いが終わったあと、傘立てにある自分の傘をひょいと取って帰っていく。そんな日常の裏側にある、誰も避けられない運命。あるいは街角の喫茶店で、雨の舗道を眺めている。あかるい色の傘を咲かせて、通りすぎる華やかな女性たち、幸せそうな親子づれ。いつか死はかならず傘の持ち主のドアをノックする。さまざまな情景が想像できます。

この句にヒントを得て、つくった一句があります。季語はクレソン。春です。産経俳壇の寺井谷子先生にとっていただきました。

選評を読むと、すぐれた俳人の読みの深さに、あらためて感服します。二〇〇六年七月の掲載です。

サラダ皿最後にクレソンが残る

評＝瀟洒《しょうしゃ》な食事風景。サラダを盛った真っ白な皿、赤・黄・緑の色どりも美しい一皿。美しく食べられた後に残ったクレソンの緑。それは幸せな時間の証しのようである。

日曜俳句は、無季になってつくるより、有季をもってつづけましょう。

自分にあう選者と出会うことも、日曜俳句をつづけるためには大切。
この人と思って投句しても、結果が出なければ、一考も。

オランダ在住のモーレンカンプふゆこさんの句集『定本 風鈴白夜』をご紹介しましたが、ひとりの俳人として詠んだ作品には、ながいあいだ異邦人として生きる自身の思い、家族との暮らし、ヨーロッパ、中東、アジア、アメリカなど、訪れた国での感懐が描かれています。

句集の最後に、朝日俳壇入選作品が、一九八六年の初掲載から刊行時の二〇一二年まで、選者ごとにわかれて紹介されています。加藤楸邨、九句。川崎展宏《てんこう》、七句。金子兜太、四十句。長谷川櫂、五句。大串章、四句。金子先生の選が、他を圧倒しています。相性がよいことが一目瞭然です。ところが、この間、稲畑汀子先生の選は一度もありません。

共選システムを採用している朝日俳壇ならではの、実に興味深い結果です。「ふたり［引用者注。稲畑先生と金子先生］で星じるしがつくと、ニュースになりますからね」とは、『くりま』での大串先生のコメント。星じるしは、共選句のあたまにつくので、少なくともふたりの先生が認めてくれたという意味です。『くりま』には、選者どうしで重なった選句の数も載っていますが、二〇〇九(平成二十一)年の場合、稲畑先生と金子先生の選句はまったく重なっていません。

同じ一句に対して、これほど評価が違うという事実は、選者を指定して送る場合、A先生には没であったが、B先生に送っていれば入選していたかもしれないということ。つまり、自分のつくる俳句はいったいどの先生の胸にひびくのか、その見極めがとても大切ということがわかってきます。そのためには繰り返しになりますが、選者の句集を読んでおくことは投句の準備運動のひとつといっていいと思います。

私は、投句する新聞俳壇のすべての選者に送っているわけではありません。やはり、向き不向きを考えています。送りはじめた選者を一か月でやめたこともあります。雑誌などに掲載される選者の句を読むうちに、この人には合ってないと思ったからです。また、つづけている選者についても、原則二年とってもらえなかった人は休んだりしています。

逆に、こちらがずっと投句するつもりでいても、先生が亡くなられて思いが叶わなくなることもあります。

すっぱりと切れば美し冬林檎

日経俳壇、藤田湘子選。亡くなられる年の一月、選評つきでとっていただいた一句です。俳句のなかには、美しいとか、かなしいとか、使うことがむずかしく、避けたほうがいいという語句があり、このときも、おそるおそる送った一句でした。

評＝スパっと二つに切ったリンゴの断面の印象。率直に「美し」とだけ言ったけれど、「新鮮！」「おいしそう」という感情も同時にほとばしり出ている。単純な句の姿もまた美しい。

藤田先生は、二〇〇五年四月、七十九歳で亡くなられましたから、これもまた、最晩年に選んでいただいた一句となりました。
日経の場合、選者がふたりという事情も影響してか、先生の遺稿が一週掲載されたあと、ふだんの倍の黒田杏子選の入選句が載るという一週がつづきました。その次の週には、茨木和生先生が新たに選者となり、選が終わっていなかった藤田先生あての作品はつつがなく引き継がれました。私は、茨木先生が高校の国語教師として攝津幸彦を教えていたことを知っていたので、迷うことなく投句を継続しました。

掲句は、茨木先生が選んだ二〇〇五年の秀作のなかにもありました。遺志は継承され、いっときも絶えることなく、日曜俳句の歴史はつくられていくのです。

投句から掲載まで、新聞俳壇は、二週間から一か月。このスピード感は、俳誌ではまねできない。ニュースに取材した句も、鮮度が落ちない。

一歩先を見据えての投句。そのためには、掲載までのタイムラグを頭にいれておく必要があります。

もっともスピーディーなのは、朝日俳壇。日曜に投句すると、二週間後の日曜には結果がわかります。その他の新聞俳壇は、おおむね一か月。掲載日は、ほぼ推測できます。

といっても、先に例としてあげた「年度末」の作品のように、選者の配慮で通常よりはやく掲載されることもあります。また、投函から二週間というサイクルで掲載日がやってくる朝日俳壇も、ときには三週間、四週間かかることもあり、没になったと早合点しないことです。

他紙や他のメディアに投句したところ、たまたま新聞俳壇に遅れて掲載となり、その後に投句されたメディアにも載ってしまえば、二重投稿のため両方から入選取り消しとなります。

秋の日に挿す一輪の平和賞

二〇一七年、十一月。朝日俳壇、金子兜太選。金子先生が、選者をつとめられた最後の年、核兵器廃絶をすすめるNGOがノーベル平和賞を受賞しました。この句は、ふだんの倍の四週間後に掲載されました。夏から先生は自宅での選句になっていたと、亡くなられたあとで知りました。

朝日俳壇は一堂に会しての共選が原則ですから、比較的一定のペースで掲載となりますが、選者あてに投句する他紙の場合は、裁量で時期がずれることは、ままあります。

これはおそらく、毎週毎週、同じレベルの作品がそろうわけではないので、選者のほうで、ある程度、質を保つために、粒ぞろいの作品が集まったときは一部を翌週にまわしたり、力量不足の週は前の週に残念ながら没にしていた作品を復活させるという、一種の編集作業をすすめているものと思われます。また、年末は、紙面の構成が変わったりするので、お休みの週がはいったり、日経のように、年間の秀作を二週にわけて掲載するところもあって、不規則になります。

龍馬より似合ふ者なし懐手

東京俳壇、小澤實選です。掲句は、十一月二十八日の投句から、一月十五日の掲載まで、年末年始が入り、めずらしく七週間もかかりました。

しかし、読売だけは、掲載の曜日がくれば、年末もきちんとやってくれます。年始も元日にぶつからない限り、掲載するという律儀さで、投句者にとってはありがたい限りですが、選者にも働き方改革をと、思わないわけではありません。

こうして多少の例外はあるにせよ、ほぼ一か月以内に結果のでる新聞俳壇は、紙面の一部でもあるわけですから、時代の鼓動を受けとめて提示する役割もあるはず。そう考えて、ニュースに取材した俳句を、よく投句しました。

短歌では、社会詠、機会詠《きかいえい》といって、厳としたジャンルとして存在していますが、俳句では、詩型が短く、季語をいれるなどの条件から、かならずしも多くはないようです。だからこそ、挑戦したいと、私は思います。

母の日を鯨一頭迷ふかな

二〇〇五年六月六日。読売俳壇、宇多喜代子選。掲句は、新聞俳壇ならではのスピード感に期待して、五月九日に投句しました。句の背景については、先生が選評に書いていらっしゃいます。

評＝母の日に東京湾をさ迷って果てた鯨がいた。その鯨に発した句だと思われるが、その件を離れて読むことの方に味わいがある。一頭が、遍在する迷える子鯨に見えてくる。

ニュースをキャッチアップして、俳句をつくる。また、選者もそれを受けとめて、紙面に載せる。そうしたやりとりをつづけることができるのも、日曜俳句の楽しみです。

ときには、どこかに出かける「ひとり吟行」。日曜俳句なら、旅先で投句した俳句に出会うことも。ほかでは絶対に味わえない気分だ。

歳時記を置き、机のまえにすわって苦吟する毎日。でも、ときには気分転換が必要。外に出かけて、俳句の材料を探すことも大切です。私は、「ひとり吟行《ぎんこう》」と称して、美術館や盛り場、近郊の公園など、その日の気分でふらっと足を運び、手帳にメモして帰り、あれこれと頭をひねります。

人気《ひとけ》なき花のまひるの美術館

毎日俳壇、二〇一〇年五月。西村和子選。東京都港区白金台に、旧朝香宮邸を利用した東京都庭園美術館があります。都心にはめずらしく緑ゆたかで、門から入るとしばらくは森のなかを歩くような雰囲気。奥まったところに、二階建ての洋館が待っています。戦後の一時期、吉田茂が外務大臣公邸として使用していました。

投句している新聞のなかで、東京新聞は、いってみれば大きなローカル紙。近郊の地名を配した句を送るには、いちばん適しているように思われます。

前出の藤原龍一郎さんも、しばしば選ばれていますが、かならずといっていいほど地名が入っていて、二〇一八年三月十一日には、

砂町は波郷の町ぞ梅の花

という句も評つきで載っています。東京都江東区の砂町は、石田波郷の戦後の俳句活動の原点となりました。

東京新聞出版局からは、俳句に詠まれた地名を、全国四十七都道府県ごとに、例句とともに紹介するハンディな一冊『新編 地名俳句歳時記』(二〇〇五年)が出ています。歌枕あれば、俳枕あり。観光ガイドとしても、十分たのしめます。

ときには、旅にでることもおすすめです。山形県の酒田を訪ねた旅も、ひとり吟行が目的。出張や取材で、日本全国、いろんな土地を訪ねたことはあるものの、山形県と和歌山県が未踏

であったことも動機のひとつでした。

酒田には、写真家の土門拳記念館があります。いのちを研ぎ澄まして対象に迫る彼の写真を、大迫力のまま見たいという気持ちにくわえて、ニューヨーク近代美術館新館を設計した谷口吉生の作品である記念館そのものも見たいという、一挙両得のひとり旅。予想以上の充実ぶりに、大満足して酒田泊。こんなとき、お世話になるのは、ＪＲ東日本管内の新幹線や在来線が、お得に使える割引きっぷ。大人ならではの節約旅行です。

翌朝、ホテルの一階のカフェで朝食をとりつつ、置いてあった朝日新聞をひらきました。目に飛びこんできたのは、長谷川櫂選の一句。二〇〇三年十一月です。

秋深し酒ぐい呑をあふれだす

このときの気持ち、なんと表現すればいいでしょう。

旅先のホテルで、新聞に載った自分の句と対面する。日本酒ではなかったものの、前の晩に味わった赤ワインの色と香りが、目の前にあらわれてくるような、すばらしいタイミング。いっそう味わい深い旅にしてくれた選句に感謝し、静かに湧いてくる幸せな気分に、ひとときひたったものです。

　こんな夢のような体験ができるのも、全国紙の俳壇なればこそ。日曜俳句が、やめられなくなります。

花鳥風月ばかりが、俳句の対象ではない。人や自然に対し敬意を表する挨拶句や、人への幅広い追悼句も。


短歌には少なく、俳句に多くあるのが、【挨拶句】というジャンルです。訪問した土地や出会った人などに敬意を表して、一句ものする。自然や人間との即《つ》かず離れず、すがすがしい関係には、俳句という詩型が端的にふさわしい。

土地に対する挨拶句をあつめた一冊に、鷹羽狩行先生による『名所で名句』(小学館、一九九九年)があります。これは全国の名所・旧跡で詠まれた名句を、「北海道・東北」など大きく七つの地域にわけ、なかでも特に名高い場所について、背景と代表句を取りあげており、俳句による日本紀行といっていいでしょう。

たとえば、平泉では、芭蕉の有名な句をふたつ。それぞれ時代背景とともに、土地の歴史と今をしっかり描写しています。〈夏草や兵どもが夢の跡〉〈五月雨の降のこしてや光堂〉。

以前、平泉の中尊寺「讃衡蔵《さんこうぞう》」を見学したとき、藤原泰衡《やすひら》の首桶《くびおけ》が展示されていたことに刺激され、私も一句つくりました。産経俳壇、二〇〇九年十二月。宮坂静生選。

宝物に首桶のあり菊日和

旅をするとき、写真を撮って訪れた記念とするのはふつうのことですが、俳句にして残すという楽しさも捨てがたい魅力があります。

土地だけではなく、人に対しての挨拶句も、鷹羽先生は深い造詣をおもちです。【贈答句】(慶弔句)だけで一冊編んでいらっしゃるほどの達人です。

水鳥の嘆くを波に悟らせず

これは、日本野鳥の会を設立し、愛鳥家として知られた中西悟堂を悼んで発表されたもので、個人の業績と名前を詠みこんだすばらしい一句に感じいります。『啓上』(ふらんす堂、二〇〇二年)からです。

鷹羽先生には及びもつきませんが、私も追悼句を詠んだことがあります。次の句は、朝日俳壇、二〇〇九年四月。長谷川櫂選です。

恋猫の一〇〇〇〇ボルトの瞳かな

評＝コピーライター、土屋耕一さんの追悼句。「君のひとみは10000ボルト」の美女を恋猫に換骨奪胎。

一九七〇年代から八〇年代は、広告コピーの黄金期でした。当時、コピーライターとして盛名をはせていたのが、土屋耕一さん。その力量は、抜きんでていました。伊勢丹や資生堂のキャッチフレーズには、彼の手がけたものが数多くあります。

こんにちは土曜日くん。（伊勢丹）

A面で恋をして（資生堂）

「君のひとみは10000ボルト」というコピーは、一九七八年、資生堂秋のキャンペーンのキャッチフレーズとして一世を風靡《ふうび》し、堀内孝雄が歌った同名の曲も大ヒットしました。土屋さんは、二〇〇九年三月、七十八歳で亡くなられました。長谷川櫂先生は、評つきでとってくださり、時代と人をよく知っておられることがわかります。

生きてゐる限りを歌につくつくし

朝日俳壇、二〇一二年九月。長谷川櫂選。前書きはめったにつけることはありませんが、この句には、ドラマ『うたの家~歌人・河野裕子とその家族』を見て、と添えました。文字通り、歌に、家族に、命をつくして、二〇一〇年八月十二日に亡くなった河野《かわの》裕子《ゆうこ》さんをモデルにした、二〇一二年八月、NHKのBSプレミアムのドラマを見ての投句でした。

日曜俳句には、思い出がいっぱいつまっています。つづければ、いつのまにか日記のような役割を果たしていることに気がつきます。

旅行にともなう海外詠。いまでは現地に暮らして詠む滞在詠も出現。
季語の斡旋をどうすればいいか、果敢な挑戦がつづいている。

俳句の「は」の字も興味がなかったころから、なぜかはっきり覚えている海外詠が、

摩天楼より新緑がパセリほど

という鷹羽狩行先生の一句です。一読して、ニューヨークのエンパイアステートビルの展望台から眺めたセントラルパークの緑が、小さなパセリほどにも見えたという情景が浮かんできました。

一九六九(昭和四十四)年、先生がまだ会社勤めをしていたとき、アメリカ出張の折りに生まれたという掲句は、日本が経済大国へと飛躍しようとする、もっともエネルギーにあふれていた時代を映しだしています。めざましい経済発展は、一般の人たちへの海外旅行の拡大という、

大衆化、普遍化をもたらしました。出張ではなく、パック旅行で、摩天楼へ文字通りお上りさんとして昇っていく。

そんな旅のなかで、一句、詠んでみようかという人たちが出てくるのは、当然すぎるほどですが、ここで問題になるのは、季語の扱い。季語は、日本の自然のなかから生まれ、育てられてきたものです。白夜の国、赤道直下の国で、なにが詠めるのか、詠んで伝わるのか、わかるのか、という、俳句にとっては、かなり根本的な問題です。

いま、白夜という言葉を使いましたが、これはもう夏の季語になっています(『角川俳句大歳時記 夏』角川学芸出版、二〇〇六年)。俳句では一般に「はくや」と読みます。

劇作家にして、いまや文人俳句の第一人者として知られる久保田《くぼた》万太郎《まんたろう》に、

菩提樹の並木あかるき白夜かな

という一句があります。

一九五一(昭和二十六)年、まだ日本が連合国の占領下にあった四月、万太郎は日本演劇協会会長となり、その後、国際演劇協会会議に出席するため、単身オスロを訪れました。白夜《はくや》は、

ひときわあかるく、同時にそこはかとない不安を感じたのではないでしょうか。日本がサンフランシスコ講和条約によって国際社会に復帰したのは、それからまもない九月でした。

ただ、これらは、いずれも旅行中の作品。現地で暮らすなかで生まれた、滞在詠も盛んになってきています。

前出のモーレンカンプふゆこさんは、その代表格といっていいかもしれません。金子兜太選の一九九二年朝日俳壇賞を獲得したあと、二〇一三年、一四年と連続して受賞されました。

オランダの光の中を秋が行く　（長谷川櫂選）

大戦と大戦の間の日向ぼこ　（大串章選）

あるいは、ドイツに住む西田リーバウ望東子さんの、二〇〇九年の朝日俳壇年間秀句。

壁ありしころのオリオン壁の上　（金子兜太選）

ふゆこさんも、望東子さんも、現地において結婚されたことが滞在詠を詠むことにつながっています。また、四季のうつろいも、日本とは趣は違うかもしれませんが、それなりに存在しています。

それでは、赤道近くの国に仕事の関係で滞在し、しかもイスラームという、日本人にはいささか馴染みの薄い宗教と暮らすなかで、その体験は、どのように俳句に結実するのか。好例が、俳人協会新人賞を受賞した、明隅礼子《あけずみれいこ》さんの句集『星槎』(ふらんす堂、二〇〇六年)の作品群にあります。

初雀モスクを抜けて来りけり

花の絵のあるコーランや星涼し

スコールのあと運ばるる聖樹かな

などなど、モスク、コーラン、スコールという土地の文化や自然が、とてもきれいに季語と溶けあっています。

はじめから季語がそこにあったような誂《あつら》えは、繊細な感受性があってはじめてできることだと思います。

旅行から滞在、生活へ。俳句は世界へひろがり、風土、宗教を超えて詠むことができるようになりました。日曜俳句の投句も、いくつかの新聞はネット経由で可能。世界各地から、いま、目の前にひろがっている風景、暮らしを瞬時にして日本へ送る。そして、その結果も電子版で確認できます。

かつてローマのキオスクでファクシミリ伝送されてきた衛星版の新聞を手にした感激も、あっというまに過去の思い出に。いまや、こう宣言していいでしょう。

世界中が日曜俳句である。世界のどこにいても、つづけられる。

「俳句も文芸作品。目にしたことを、そのまま写すだけではない。フィクションも、表現として成立していれば、ということ。

俳句に、フィクションは許されるのか。いや、「写生」の精神からいって、そんなことは邪道だ。見たことをそのまま表現するのが、俳句ではないのか。小説ではないのだから。そんな意識を、学校の授業などで、知らず知らずのうちに得ていました。しかし、俳句に関連する論集などを読むうち、違うかもしれないと思うようになりました。

柿くへば鐘が鳴るなり法隆寺

正岡子規の、人口に膾炙《かいしゃ》する句のひとつです。しかし、実際に子規が聞いたのは、東大寺の鐘だということ。そのまま句にしたわけではありません。でも法隆寺だからこそ、鄙《ひな》びた感じもあり、語感もよろしきを得ていると思います。

これは、まだ場所を変えただけ。まったくの虚構が許されるのか。タブーではないのか。そんなときに出会ったのが、山口青邨《やまぐちせいそん》の、

みちのくの淋代《さびしろ》の浜若布寄す

という句で、あたかも眼前の風景を詠んだように思えますが、実は作者は行ったことがない。それだけでも、私のもっていた俳句の概念を覆しましたが、さらに、この浜にはわかめが寄せることはないというのです。つまり、まったくの虚構。きっと作者は、淋代という地名の響きや、文字のもつ雰囲気に魅せられてつくったのでしょう。

俳句もまた、文芸作品という見地に立てば、フィクションがあっても不思議ではありません。二十一回目を迎えた「神奈川大学全国高校生俳句大賞」。はがき一枚にかならず三句記載して送ります。個人でも学校単位でも応募でき、この回は、一万一千通を超えています。大会の選考委員が、作品集『17音の青春　２０１９』（ＫＡＤＯＫＡＷＡ、二〇一九年）において、〈俳句の虚構性について〉というタイトルでメッセージを送っています。

「近代大衆俳句は江戸時代半ばの一茶からはじまった。明治になって正岡子規は『写生』と

いう大衆のための方法を打ち出した。目の前のものを言葉で写せば誰でも俳句ができる。写生は目の前のものを写すのだから、見ていないものは俳句にしてはいけない。それが虚構＝嘘の俳句を作ってはいけないという倫理観を生み出した。これが詩歌の世界を狭めていることは誰でもわかるだろう」(長谷川櫂)。

七十年たっても、いまだに、若者たちにこうした言葉を贈らなければならない現実に、驚きました。私がもっていた「俳句とは写生である」という桎梏《しっこく》の、なんと強靭なこと。ちなみに、前年のメッセージのタイトルは、〈今、高校生に伝えたいこと〉とあって、今回も対象はあきらかなのですが、ほんとうに伝えたい相手は、いまもって写生の呪縛《じゅばく》にとらわれている高校の国語教師たちではないか。そう思いました。あなたたちの教え方は、それでいいのですか。このままでは、生徒たちの俳句が小さく、狭くなってしまう、と。

選者の危機感は、相当に深刻です。しかし、そんな危惧も一蹴してしまう高校生が、数多く存在することもたしか。最優秀賞を受賞したひとり、熊本県立熊本高校の菊川《きくかわ》和奏《かな》さんの作品(三句一組)です。

白鳥を眺む詩集を読むごとく

しやぼん玉はぜる天使が触れるから

水中花名もなき花として開く

どちらかといえば高齢者の目立つ日曜俳句の世界に、こうした若者がぞくぞくと参入してくれば、ずっと活気づきます。おたがい負けられない気持ちになって、つづけるエネルギーがあふれてくる。そんな効果も期待できます。

入選すると、ご褒美がもらえることも。でも、日曜俳人には、掲載されることが無上の喜び。選評もいただければ、それが最高のご褒美。

「入選すると、なにかもらえるの?」という声は、日曜俳句を楽しんでいて、ときどき新聞に掲載されるという話をしたあとに、よく聞こえてきます。掲載されるくらいだから、なにかあるだろうという感覚は、ごく自然なこと。ご褒美《ほうび》は、なにかあるのか。答えは、ケースバイケースです。

公表しているのは、東京新聞です。二〇一三年四月、ネット投稿のスタートを契機に、毎週、特選の二作品には、図書カード(千円分)を贈るとしました。そのためかどうかはわかりませんが、公表後、配達地域以外の九州や北海道、近畿などからの入選者が目立つようになりました。電子版を購入するようになったと考えられます。

他紙については、それぞれです。非公表なので、私の経験にもとづくと、まったく名誉だけのところもあれば、年間の賞にご褒美がついてきたり、毎週ごとにご褒美があるので年間は名誉のみ、とか。

やはり、お楽しみは新聞をひらくたびに、掲載されているかどうか、どきどきしながら自分の名前をたしかめることに尽きます。

新聞以外では、これもまたいろいろ。ちなみに、さきほど取りあげた「神奈川大学全国高校生俳句大賞」では、最優秀賞五作品には、賞状・奨学金五万円・記念品。入選六十五作品には、賞状・図書カードが贈られます。高校生らしいですね。

突兀《とっこつ》のアフガニスタン石榴裂く

二〇〇七年、ＨＩＡ（国際俳句交流協会）俳句大会、特選。選者ひとりにつき、二句まで選べます。

この時期、アメリカ軍はテロとの戦いと称して、アフガニスタンに侵攻していました。大きな石がごろごろしているアフガニスタンの岩山をすすんでいく兵士たち。石榴《ざくろ》は、秋の季語です。しかも、原産地は、まさにこのあたり。「とっこつ」という音の響きといい、「突兀」という漢字のかたちといい、岩だらけの大地と不毛な戦いを象徴しているのではないか。ニュースでしか知らない風景ですが、想像してつくりました。

ＨＩＡ俳句大会は、国際俳句交流協会が、秋に毎年、会員はもちろん、一般からも、そして海外からも作品を募集して開催。現代俳句協会、俳人協会、伝統俳句協会から、錚々《そうそう》たるメンバーが選者として名をつらねています。特選のご褒美は、選者のサイン入りの句集でした。

海知らぬ子のてのひらへ桜貝

二〇〇五年、ＮＨＫ学園月山俳句大会、特選。星野《ほしの》高士《たかし》選。この句は、寺山修司の短歌〈海を知らぬ少女の前に麦藁帽のわれは両手をひろげていたり〉のあとのシーンを私なりに想像したもの。選評の最後に、「小説的な一句」とあるのには驚きました。

年に何度か、ＮＨＫ学園が地方で開催する俳句大会では、その地方の特産品が賞品となることがあります。このときは、月山のミネラルウォーターを送ってきてくれました。特選のなかでも、なにかタイトルのついた賞を獲得すると、作品を刻んだ特製の盾も贈られます。

そして、年に一度、ＮＨＫが主催してひらくのが、ＮＨＫ全国俳句大会。俳句大会で、うれしいことにテレビ電波に乗るイベントです。

両者とも一度でも応募すれば、次回から自動的に、大会の趣旨、選者、締め切りなどが載った要項パンフレットと応募用紙を送ってきます。

檸檬一個ほどの灯りや寝台車

二〇〇九年、交通総合文化展、入選。
十月十四日の「鉄道の日」を記念する行事のひとつとして、毎年、「交通総合文化展」が開催されています。そのなかに、俳句部門があり、鉄道に関係した作品を募集しています。入選のご褒美は、上野駅の構内に展示されること。入選句が短冊に書かれて、ちょっとした個展にでかける感じでしょうか。最高の交通総合文化協会会長賞をとれば、賞金五万円。審査員は、長谷川櫂先生です。

自転車に浮力つきたり寒の明け

第十五回「伊藤園お〜いお茶新俳句大賞」佳作特別賞。第三十回の投句数が二百万に迫る、日本最大の公募俳句大会には、前にも書きましたが、学校でまとめて応募するケースも多く、そういえばつくったと思い出すかたもいるかもしれません。はがきのほか、FAX、インターネット(伊藤園ホームページ)からでも応募できます。もちろん、投句料はなし。季語にとらわれることなく、五・七・五のリズムで、子どもからお年寄りまで、気軽に投句できるところが魅力です。

佳作特別賞以上の受賞者の句は、「お～いお茶」の商品パッケージに印刷されます。「お～いお茶」に、なぜ俳句が、と手にとって不思議に思う人もいるようですが、そんな理由からです。実際、自分の句が印刷された商品が一ケース(二十四本)、ご褒美として自宅に届きました。さっそく家族、知り合いに配ったものです。文部科学大臣賞をとれば、副賞と賞金五十万円です。

神在月島根原発三十キロ

第二十六回「西東三鬼《さいとうさんき》賞」、秀逸の一句に選ばれました。岡山県津山市は、前衛俳句のリーダーのひとりであった西東三鬼生誕の地。彼の業績を顕彰し、三鬼俳句の精神をつぐ新しい感覚の俳句文芸を振興することをめざし、一九九三年から「西東三鬼賞」を制定して、ひろく投句を募っています。

この回は、アメリカからも含めて、五千句を超える応募がありました。大賞一句、秀逸は十句。大賞は「お～いお茶」に負けない賞金五十万円。ただし、五句一組の投句料は二千円です。掲句の季語は「神在月《かみありづき》」。陰暦十月に、日本中の神様が出雲に集まるという伝説から生まれたもの(出雲以外は、したがって神無月《かんなづき》となります)。

秀逸は、賞金二万円。表彰式に臨むため、新幹線に乗って岡山下車、津山線に乗り換え、三鬼のふるさとを訪ねました。桜が咲いたばかりの城下町は、曇り空で少し寒い。日経俳壇の茨木和生先生、産経俳壇の寺井谷子先生が、選者としてお見えになっているので、期待とともに、ちょっと緊張していました。

大賞を受賞した深町明さんの、表彰式での挨拶がすばらしかった。深町さんは、句歴二年。前年も応募したけれど、入選なし。それからは、三鬼の俳句や評論をいろいろ読み、どんな俳句が求められているか、探求したとのこと。そのうち、自然に三鬼の俳句が好きになったといいます。選者の先生方から、拍手がおきました。

冷蔵庫流れたと姥《うば》わらへりき　　深町明

大賞の作品です。決まったあと、先生方は作者の名を知り、さらに住所を聞いて驚いたそうです。

深町さんは、福岡県朝倉市の人。二〇一七(平成二十九)年七月の九州北部豪雨の被災地にお住まいです。実害はなかったものの、復旧ボランティアに参加したとき、掲句の状況に直面されたのです。

この句は、茨木和生先生が選評で指摘されているように、三鬼の〈緑蔭に三人の老婆わらへりき〉を意識しています。もし三鬼がいまにいれば、きっとこの句を詠んでいたと確信します。うれしかったのは、茨木先生も寺井先生も、私のことを覚えてくださっていたことです。はじめて会ったのに、なつかしい。日曜俳句をつづけていてよかったと、心底思いました。いちばんのご褒美は、先生の言葉であり、やさしく迎えてくださった笑顔でした。日々の投句の向こうも、きっとおなじです。

次は、東日本大震災と日曜俳句について考えていきます。

田螺《たにし》鳴く——東日本大震災と日曜俳句

呼びかけに、読者は応えた

二〇一一年四月二十七日、日本経済新聞の一面コラム「春秋」は、こう始まっています。『さくらさくらさくらさくら万の死者』。今週の日経俳壇にあった句が頭から離れない。作者は岩手県大船渡市の桃心地さん。すさまじい廃虚が広がる三陸の被災地からの投稿だ。選者の黒田杏子さんは『国民的鎮魂歌』と評している」。

二〇一一年三月十一日午後二時四十六分、東日本大震災発生。巨大津波は、三陸海岸から青森、茨城、千葉とひろがり、死者一万五八九七人、行方不明者二五三三人(二〇一九年三月一日現在、警察庁発表)という、未曾有の大災害を引き起こしました。

くわえて、東京電力福島第一原子力発電所での過去に例をみない過酷事故。自然を称え、謳歌し、恵みに感謝する。そんな単純な思考では、耐えられない現実が目の前にひろがったとき、日曜俳句もまた、大きくゆさぶられました。
「春秋」に取りあげられた俳句は、四月二十四日の黒田杏子選。作者は、岩手県大船渡市のかた。黒田先生は、掲句を一席でとり、次のような選評をつけています。

評＝桜をさくらと表記し、その言葉を平仮名でくり返すことによって国民的鎮魂歌ともなっていると感ずる。

ふつうなら、ここまで書いて終わりですが、このときは二席以下三名の評を記したあと、黒田先生は異例の呼びかけをおこなっています。

◎皆さま、どうぞこの大災害の年のあなたの想いをお寄せ下さい。俳句の力を信じ、どなたもぜひ。

この呼びかけに応えて、読者からほんとうに多くの句が、日経俳壇に届きました。掲載句のほとんどが、震災関連と思われる週もありました。次に掲げるのは、そんな投句のほんの一部です。

フクシマを離れずに咲きすみれ草　海老原順子（五月二十二日）

広島の長崎のああ福島忌　保井甫（五月二十九日）

亡き魂に薫風捧げ魂悼む　饗庭洋（六月十九日）

津波以後無欲になりて夏に入る　野口康子（六月十九日）

もちろん、きっかけとなった桃心地さんも、この間、積極的に投句をつづけられ、何度も紙面でお見かけしました。そこには、被災地に生きるかたのリアルな経験と思いが綴られていました。

黒田先生の呼びかけに、読者からは、予想をうわまわる句が集まったものと思われます。経験者だけでなく、はじめてつくった人も多くいたことは、七月十七日の選者評の但し書にうかがわれます。

※選者からのお願い・俳句作品は「タテ書き」でお寄せ下さい。

それまでの日経俳壇の投稿規定は、他の選者がメールも可というなかで、黒田杏子先生ははがきのみ受け付け、と条件がつけられていましたが、この日を境に、黒田杏子先生ははがき、縦書きのみ受け付け、と変更されました。

縦書き、横書き。一枚のはがきに、今の自分の思いを五・七・五で書き留めたかった。つくったことがあっても、なくても。そんな人たちが、驚くほどの数の俳句を、日経俳壇に寄せたのです。

はがき、縦書きのみ受け付け、と限定されている黒田先生の気持ちが、にじみでているのが、八月七日の桃心地さんへの選評です。

評＝七・七・三という句またがりの調べが読み手のこころに沁み入る。この作者の投句ハガキの手書き文字のレイアウトの美しさ。鉛筆の文字が官製ハガキに品格を加えてもいる。

巨大地震と津波が、多くの命と暮らしを奪ってから八年。二〇一九年四月二十日、日経俳壇の黒田杏子選に、ひさしぶりに桃心地さんのお名前を見かけました。選評は、こう書かれています。「桃心地さんの句。久々のご投句。三・一一直後からこの作者の句は数多く掲載され、海外にも紹介されました」。

金子兜太先生が亡くなられた次の日、二〇一八年二月二十一日の朝日新聞には、「震災関連の句に目をとめては『新聞の俳壇欄はジャーナリズムだ』と言い続けた」とありました。ジャーナリズムの原点は、ラテン語の語源からしても、日々の記録を残すことです。

新聞俳壇は、紙面の目立つところにはありませんが、基本的に、毎週、同じ曜日に掲載されます。季節の移り変わりを受けとめ、人々の喜怒哀楽を映し出して、静かに回っています。そこに行けば、会える人がいる。桃心地さんを待っていた人も多いと思います。

俳句をめぐる空気、動いた

東日本大震災から二年後、二〇一三年三月五日、朝日新聞紙上において、朝日俳壇の長谷川櫂先生、毎日俳壇の西村和子先生、読売俳壇の小澤實先生が集まり、選者としての立場から、震災後の新聞俳壇について語っています。

未曾有の被害をもたらした大震災と、もっとも過酷なレベルに至った原発事故。特に後者は、ほとんど誰も経験したことがないだけに、句材とするには困難さを伴います。避難する過程で家族を亡くされたかたもいれば、帰還困難区域のためにふるさとに帰れず、避難生活解消の見通しがたたないかたもいる。一筋縄ではいかない状況をメディアは伝えていました。

そんな現実を、新聞やテレビで知るだけの人はどうなのか。報道を「参考文献」として作句すれば、類想的な句となるおそれが。小澤先生は、「新聞俳壇はいい句であることが前提なので、報道で見たことをそのまま作ったような類想的な句はとれなかったが、切実な原発の句は今でもとり続けている」と表明されています。

西村先生にとっていただき、東日本大震災の十日ほどまえ、掲載された拙句があります。

〈雨だれの悲嘆調なり冬深し〉。二〇一一年の一月末に投句したもので、まもなく過去最大級の大地震が東日本を襲うとは、夢にも思っていませんでした。もし、震災後であれば、と考えてしまいます。西村先生自身、「震災後は自分の選が変わった」とおっしゃっています。

長谷川先生が、大震災に遭遇したのは、朝日俳壇の選句のお仕事が終わり、JRの駅の山手線ホームにいたとき。いつもと変わらない金曜日でした。先生は、はっきり述べておられます。

「震災の前と後とでは明らかに俳句の成り立つ『空気』が変わってしまった。(作る側も読む側も)天真爛漫《てんしんらんまん》なものに冷や水が浴びせられた」(長谷川櫂)。

「当事者性とか季語の変化といった抽象論ではなく、これからは体験を生かしたいい句を選んでいく段階に入ったと思う」(同)。

大震災と原発事故は、物理的に新聞の歌壇・俳壇欄を直撃しました。地震が起きたのは、金曜日。翌日から、各紙は特別編成で、震災と原発事故を精力的に報道しました。歌壇・俳壇欄が休止するのも仕方ない、と思っていたら、二日後の日曜日、毎日新聞と東京新聞はいつものように掲載。他紙は一週から三週分、お休みとなりました。

ポケットにラジオを入れて入彼岸《いりひがん》

東京俳壇、四月十七日。小澤實選。休まなかった東京俳壇に、休まず投句しました。大きな余震もあり、外出時のラジオは必携品。震災がなければ、詠むこともなく、そもそもとられることもなかったと思います。

こんなときに俳句を詠んでいていいのかという自問は、もちろんありました。休まないで掲載している毎日新聞、東京新聞にも、社内で議論があったのではと思います。だからこそ、こちらも休んではならないと思ったのです。日常とは違う風景や時間が展開されている現実のなか、俳句の世界にはいることが、ひとときのやすらぎとなったのも事実です。

原子炉の全て止りぬこどもの日

朝日俳壇、二〇一二年五月二十八日。長谷川櫂・大串章共選。実際、この年の五月五日に北海道電力の泊原発が停止し、日本の原発はすべて止まりました。この現実を受けて投句したもので、『こどもの日』のあどけなさがいい。原発の全基停止など案外簡単なことなのだ」(長谷川櫂)との選評に、うれしく思いました。

無為無策曝す建屋や梅雨に入る

産経俳壇、二〇一二年七月四日。宮坂静生選。水素爆発で屋根などが吹き飛んだ原発の建屋に、どこにもぶつけようのない絶望的な気持ちになりました。

制御棒抜く秋の朝海しづか

読売俳壇、二〇一五年九月十五日。小澤實選。新しい規制基準をクリアして、九州電力の川内《せんだい》原発が、トップを切って再稼働しました。

原子炉、建屋、制御棒……。俳句ではほとんど使われなかった言葉をあつかって、原発事故のまえには夢想だにしなかった句をつくり、投句する。こうした句をつくることは、ほんとうに気が重い。起きてしまったあとに、当事者でもない人間が、いまさらどうなんだ、という声はたしかにあるでしょう。
というのも、原発事故よりも前に、新聞俳壇において危機を予感した投句者、そして選者がいたからです。朝日俳壇、二〇〇七年の年間秀句にしっかり刻まれています。

原発と直線距離の寒さかな　足立威宏

作者は、兵庫県北部にお住まいです。若狭湾沿いにある原発からは、京都府北部をはさんで、「直線距離の寒さ」を実感されているのでしょう。選者は、金子兜太先生です。誰もがショックを受けた原発事故の四年前に、事故が起きることを予見し、そのあとがどうなるかを予言したような作者の危機意識。年間何十万と寄せられる投句から、選者としてきちんと取りあげ、しかも年間の秀句に選んでおられる兜太先生。秩父を産土《うぶすな》とし、大地を両足で踏みしめて立つアニミストの俳人は、文明の危うさを直感していたのでしょう。

季語が、季語であるために

一九八〇(昭和五十五)年の夏、仕事で若狭湾のあたりをクルマで回ったことがあります。ちょうど海水浴シーズン。水着のカップルや子どもたちがあそび、砂浜には色とりどりのビーチパラソルがならぶ。どこにでもある、ありふれた風景でしたが、どことも違う、異様に巨大な灰色の建造物が、浜を望むように黙座する光景に、息をのみました。原子力発電所でした。美浜か、高浜か、いまとなっては判然としませんが、その浜に立てば、鮮明に「ここです」といえるほど、強烈な印象の静止画として残っています。

この九年前、ひとりの俳人が、関西電力美浜原子力発電所を訪れました。山口誓子です。句集『不動』(春秋社、一九七七年)の年譜によれば、一九七一(昭和四十六)年十月、「くろよん、宇奈月、富山、敦賀、関西電力の美浜原子力発電所、三方五湖」と、精力的に旅をつづけています。このとき、七十歳。その際に詠んだのが、〈舟蟲が潑溂原子力発電〉なる一句。メカニカルで新奇なことに興味をもっていた、誓子らしさがよく出ています。句集の後記には、「排水口の岩岩に舟虫が活潑に動いてゐた」、「この句は後に発電所のセンターの前庭に句碑となつて立つ」と記されています。

原子の灯がともったと話題になった一九七〇年(昭和四十五年)の大阪万博から、わずか一年という時期ですから、原子力発電についての、あかるい、ポジティブな把握は、誓子に限らず一般的な傾向でした。

それから半世紀近くたった令和という時代。平成に過酷な事故を引き起こしたにもかかわらず、いまだに原発の稼働をやめさせない政府。電力会社も、それぞれの地域で原発を維持し、廃炉にする気配はありません。

美しい国の不可思議な現実を見てみましょう。出雲大社から直線距離にして三〇キロほど離れた松江市内に、中国電力の島根原子力発電所があります。いまは停止していますが、再稼働し、もし神在月《かみありづき》に福島と同じような事故が起きたら、いったい出雲の神様はどうすればいいのでしょうか。全国から集まった神様も同じです。

年に一度、全国から神様が集まる出雲大社が放射能汚染され、もう立ち入ることができないという事態が発生したとき、政府と電力会社は、地域住民はもちろん、神と歴史に対して、どう責任をとるのでしょうか。

田螺鳴くここにまだ人がをります

評＝僻村の限界集落か。あるいは原発事故の周辺か。田螺に託された言葉が切々と響く。

二〇一六年四月。毎日俳壇、小川軽舟選。神の配慮としかいいようのない東京電力の「ミス」がなければ、二〇一一年三月、日本中が原発事故の周辺となっていたことでしょう。

朝日新聞二〇一二年三月八日、「工事不手際 4号機救う」の記事によれば、東京電力福島第一原発四号機の、使用済み核燃料プールに保管されていた燃料棒が露出しなかったのは、まったくの偶然。プールの隣にある、ふだんは水を張っていないスペースに、大量の水が貯蔵されていたのです。

本来ならば、震災の四日前に工事を終えて水を抜いておくはずが、工事用の工具の寸法に誤りがあって、そのままになっていたため、たまたま仕切り壁がずれて、燃料プールに水が流れこんだそうです。

ときどき、工具の寸法を間違えたのは、いったい誰だったのだろうと考えることがあります。どこの誰だかわからないけれど、その誰かがミスしてくれたおかげだったのかもしれない、と。

〈田螺鳴くここにもう人はをりません〉という句を詠むことのなきよう願いつつ、最終章へ向かいます。

第4章
明日へ動く日曜俳句

ＡＩ俳句の凄ワザいかに？「俳人チーム」と「ＡＩチーム」が真っ向勝負して、さて軍配はどちらに？

「ＡＩ一茶くん」をご存じでしょうか。「ＡＩ一茶くん」は、北海道大学大学院情報科学研究院調和系工学研究室(川村秀憲教授)が生んだ、俳句界の新星。デビューから二年足らずで、句集をまとめるほど大きく成長していますが、その初舞台は苦いものでした。

そもそも、なぜＡＩで俳句を詠もうと考えたのでしょうか。それは、人とＡＩが相互にやりとりするなかで、コンピューターに創造性をもたせられないかという、いままでにない領域への挑戦。「ＡＩ一茶くん」とは、実に絶妙なネーミングと、コピーライターのひとりとして感心しています。

「ＡＩ一茶くん」の初舞台は、二〇一七年の秋に産声をあげてから間なしの、二〇一八年二月です。ＮＨＫテレビの番組『超絶 凄ワザ！』で、俳人たちを相手に、写真を見て俳句をつくるというスタイルで対決したところ、あえなくＡＩは三連敗。といっても、すでに凄ワザと驚くのは、写真を見て、という点です。画像認識して、その状況がどのようなものかを読みとって俳句を詠むなんて、凄い。

写真には、遠景になだらかな山脈、透きとおった静かな池を鮮やかな紅葉が囲み、水面に美しく映りこんでいる。それを見て詠んだ「ＡＩ一茶くん」の一句が、これです(以下、北海道大学調和系工学研究室(川村秀憲教授)提供)。

旅人の国も知らざる紅葉哉

意外に古めかしいと思われるかもしれませんが、このときは、小林一茶や正岡子規など、読み込ませた三万句ほどが時代的に古く、それが影響したようです。たしかに、切れ字の「かな」を漢字にするなど、最近ではあまり見かけない表記です。そのためか、審査委員をつとめた俳人の先生方から、一目でＡＩ俳句と見破られました。

この二月の反省から、北大チームは、「ＡＩ一茶くん」に現代俳句約七万句を学習させ、二〇一八年七月、松山の俳人チームと対決する俳句イベントに臨みました。その場で俳句を詠む即吟《そくぎん》対決でした。

そのとき両チームが披露した、それぞれ五句、あわせて十句を五十音順にならべて、句心《くごころ》のある友人に見せ、どれが人で、どれがAIか判定してもらいました。でも、この試み、泉下《せんか》の桑原武夫は苦笑いしているかもしれません。

戦後まもない一九四六(昭和二十一)年に、フランス文学者として知られた京大の桑原武夫が、雑誌『世界』(十一月号)に発表し、激しい論争を巻き起こした論文「第二芸術——現代俳句について」。このなかで、彼は俳句十五句を、作者名を伏せ、「同僚や学生など数人のインテリ」に見せ、その評価を問いましたが、「現代の名家」の十句と、「無名あるいは半無名の人々」の五句とのあいだには、「俳人の名を添えておかぬと区別がつかない」と結論づけました。数人のインテリという表現にも時代を感じますが、こんなにサンプルが少ないのに結論を導きだすなんて、ちょっと大胆じゃないの、と私などは思ってしまいます。

この結果、桑原は現代俳句を「第二芸術」と、かなりきつい言葉で呼び、老人の暇つぶしにすぎないと酷評したのです。このネーミングは、効きました。当然、俳句界からは、猛烈な反発が起きましたが、高浜虚子は、「第二でよかったじゃないか」といったとか。大人《たいじん》ですね。

さて、満を持して「AI一茶くん」が臨んだ、七月の俳句対決。ルールは、俳人チームが先攻し、提出した俳句の最後の二音からはじまる句を、後攻のAIチームがつくるという、しりとりの要領ですすめられました。

実質二分ほどの制限時間内で、提出する句を選ぶというきびしい闘い。俳人チームが下五に「梅雨晴間《つゆはれま》」をもってきて勝負をかけると、さすがの「ＡＩ一茶くん」も「れま」からはじまる俳句を詠むのは、無理。「やま」に変えて出句しましたが、これでＡＩチームは減点されるなど、真剣勝負がつづきました。

俳句ごとに四人の俳人の審査員が点数をつけ、健闘およばず今回もＡＩチームは涙をのみましたが、最高点を獲得したのは、「ＡＩ一茶くん」のこの一句でした。

かなしみの片手ひらいて渡り鳥

いいですね。抒情を感じます。取り合わせではなく、一物仕立てというところが、初心者の域を脱しています。渡り鳥をこのように見た俳句は、寡聞《かぶん》にして知りません。人のつくった俳句が「第二芸術」なら、ＡＩ俳句は「第三芸術」か。そんなランク付けは、意味をなさないくらい、ＡＩの進歩には目をみはります。

日曜俳句には、すでにＡＩそのものか、ＡＩをアシスタントに使った投句が来ていて、入選しているかもしれません。そのうち、新聞俳壇賞の受賞者が、「寝ているあいだに生成されていた句のなかから、当季にふさわしい一句を選び、類想句がないことをデータベースで確認し、ネットに移して投句するのが日課です。ありがとうございました」と、さらっと述べてしまう日がやってくるかもしれません。

最終的には、人がクリエーティブという作業をどのようにとらえるのか、そこの評価、判断にかかってくると思います。

北大の川村教授は、二〇一八年十二月五日の朝日新聞夕刊「詠み人おらず」の記事において、「本のタイトルや商品のキャッチコピー、歌詞などもＡＩに任せられる可能性がある」とお話しされていますが、だとすれば、コピーライターという職業は、将来ＡＩにとってかわられることがあるのか。他人事ではありません。

ＡＩのつくった俳句を、閲覧、評価できるＡＩ俳句協会、誕生。選を受けるだけだった日曜俳人が、選をする側に立てる。

五・七・五の十七音からなる俳句。ほとんどの場合、季語がはいるので、こんなに次から次へと俳句が生まれる現代、いつか限界が来るのではと、私は思っていました。世の中、類句だらけになるのではないかと。

ところが、川村教授によれば、俳句の可能な組み合わせは、およそ十の六十乗。数の単位でいえば、那由他《なゆた》。宇宙の原子は、十の八十乗といいますから、想像もつきません。ただ、一時間に一四万四〇〇〇句、一秒間に四〇句詠める「ＡＩ一茶くん」ですが、選句となると、まだ人の手が必要。さらに、批評する力となれば、まだまだ先の話のようです。

教授のお話をお聞きするまえ、私はＡＩ俳句とは、言葉と季語を定型のなかに投げ入れて生成する、ちょっと賢いゲームみたいなものではないかと想像していましたが、違いました。「ＡＩ一茶くん」は、季語だけではなく、【本意】・【本情】まで学習しているのです。「本意・

本情」とは、『現代俳句大事典』(三省堂、二〇〇八年)によれば、「『春雨』は強く降ることはなく、しとしとと柔らかく降ることを『本意』とし、心のなごむような情感があることを『本情』とする」とあります。季語の表面だけをなぞった句は、「AI一茶くん」から叱られますね。

松山の俳人チームと対決した「AI一茶くん」の句には、一物仕立てが目立っていたので、取り合わせは得意ではないのかと思っていたら、むしろ逆。川村教授の「人工知能と俳句」と題した資料には、「文脈を理解せずに確率的言葉を繋いでいく仕組み上、現在のAIは取り合わせの句は得意だが、一物仕立ては苦手」と記されています。なるほど。藤田湘子先生が、『20週俳句入門』で、俳句の原型として初心者にすすめていた取り合わせ。「AI一茶くん」に、ちょっと親近感をいだきました。

「AI一茶くん」が誕生した二〇一七年の秋につくった句は、

かおじまい　つきとにげるね　ばななななな

という、子どものような、呪文のような、不思議な内容でした。でも、二〇一八年の二月には、

又一つ風を尋ねてなく蛙

まで成長し、半年後の二〇一八年の夏には、先の、

かなしみの片手ひらいて渡り鳥

と、俳人チームとの対決で最高点を獲得しました。

二〇一九年春には俳人の大塚凱さんの手で初句集がまとめられ、世界デビュー。そのなかの一句は、

逢引のこえのくらがりさくらんぼ

というもの。たった一年半で、いったいどこまで、進化・成長するのでしょうか。そんな「ＡＩ一茶くん」のつくった句を評価する機会を、私たち人間は手に入れることができました。ＡＩ俳句協会の誕生です。

これは、公立はこだて未来大学の松原仁教授を会長に、川村教授の研究室のサイトのなかに立ち上げられたもの。

いまのところは、「ＡＩ一茶くん」のつくった句ばかりですが、将来的には各地の大学、ＩＴ企業などが生成したＡＩ俳句の投句の受け皿となることをめざし、すでに一般の人が気軽に閲覧できます。そうした参加者のさまざまな評価を収集し、解析していけば、ＡＩ俳句のいっそうの発展に資することにもなります。

誰もが選者になれる、ＡＩ俳壇。これは、日曜俳人にとっても画期的な仕組みです。なぜなら、選ばれるばかりだった立場から、選ぶ立場になれるのですから。「選は創作なり」という高浜虚子の名言を、自分自身で実践、実感できる。ＡＩ俳句は、たいせつな友だちです。決して白眼視《はくがんし》したり、対立するものではありません。

高浜虚子の全俳句を学習し、評価の能力を十全に獲得した「ＡＩ虚子」が、朝日俳壇のゲスト選者として登場する。「ＡＩ兜太」が、兜太先生そのひとのように選句し、選評を書く。その日はそんなに遠くないかもしれません。

最大の理由は、俳句では、作者も読み手も、季語という共通の認識に立った基本データをもっているからです。

そう考えると、歳時記の「発明」は、すごいとしかいいようがありません。ＡＩ俳句とつきあうことで、私たちの言葉に対する理解はより深まり、思いもかけない発想、取り合わせに、大いなる刺激を受けると思うのです。

俳句はいまや、世界のＨＡＩＫＵへ。外国人が日本文化理解のために学ぶことも。日本人が詠む英語俳句という形式もある。

日曜俳句のなかに、日本に住んでいる外国人が投句した作品があるか、確認できていませんが、将来においては、そうしたことも、めずらしくなくなるでしょう。

二〇一九年二月五日の読売新聞に、興味ある記事がありました。インドネシアの大学で、日本で介護福祉士としてはたらくことをめざしている学生たちに、俳句を教えているというのです。例として、こんな句をつくっています。〈君の目が輝いている星みたい〉（インドネシア教育大学の男子学生）。しっかり五・七・五になっています。この授業、日本の受け入れ先からの提案ではじめたとか。これから介護施設に派遣されて、実習を積むとき、コミュニケーションのとっかかりとしては、グッドアイデアです。

拙くても、季語がなくても、大丈夫。添削してくれる句心のある入所者が、きっといます。

いままで俳句を避けていた人が、それじゃ外国の人といっしょにつくってみようかと、一歩踏みだすかもしれません。

そうしたふれあいのなかで、日本語が上達し、手始めに地元の新聞などに送って、掲載されることにでもなれば、すばらしい記念になります。

季語もいっしょに勉強することで、日本語だけでなく、日本文化の理解のためにも大きな手助けとなるでしょう。

そして俳句の骨法《こっぽう》を体得すれば、自分の国の言葉でもつくりたくなるかもしれません。新たな俳句バイリンガルです。

草の根からひろがる俳句もあれば、ＨＡＩＫＵとして楽しむ人たちも、世界中にいます。ＨＡＩＫＵはまた、ハイクと表記され、外国語で詠む三行詩を示すことがあります。作者が日本人であろうと、外国人であろうと、外国語でつくられた俳句は、すべてハイク。まぎらわしく、また英語が圧倒的に多いので、往々にして英語俳句と呼ばれます。

シンプルな三行詩には、多忙をきわめる政治家も魅せられ、ＥＵの初代大統領、ヘルマン・ファンロンパイさんは、句集を二冊も出版しています。

The sea is silent
old poet speaks softly
even camellias listen.

海静か
老詩人の声
聴く椿

彼が、二〇一八年二月、日欧俳句交流大使として、松山を訪れた際、子規と漱石に思いを馳せてつくった作品です（訳、木村聡雄さん。『俳句』二〇一八年四月号）。

英字紙『JAPAN TIMES』には、英語俳句の投句欄がありました。いまでは残念なことになくなっていますが、HIA会員の木内徹さんが、作り方の留意点を列挙されています。

(1)三行書きにし、(2)できるだけ現在時制で、(3)音節の少ない単語を使い、(4)各行五-七-五音節以内、できるだけ二-三-二くらいにし、(5)季節感を盛り込み、(6)動詞や形容詞ではなく、できるだけ名詞を使用して散文化しないようにし、(7)ダッシュやコロンなどで一句のなかに「切れ」を作り、(8)冠詞や文法に過度にこだわらないこと。

現代の英語俳句は、三行とも小文字で書き出すのが主流です(一行目の最初だけ大文字にする人もいますが)。私(I)も小文字にする人はいますが、あまり一般的ではないので、Iや固有名詞などは大文字にして、ほかはすべて小文字にした方が無難だと思います。


これは、HAIKUをつくるときにも、共通のチェックポイントとなります。もし、外国人のお知り合い、あるいは旅先で出会った外国人に、日本文化のひとつとして、俳句を説明するときに、あなたの国の言葉でもつくれますよと、こうした留意点を教えてあげれば、そこから新しい交流がはじまり、ひろがっていくでしょう。

一九九〇年から二年に一度、日本および全世界の十五歳以下のこどもたちを対象に、絵とハイクで構成された作品を募集する「世界こどもハイクコンテスト」を開催し、優秀作品を『地球歳時記』(ブロンズ新社)という絵本にまとめ、出版しているのがJAL財団です。

ホームページには、世界の子どもたちの作品を紹介しながら、「俳句の作り方」が、日本語、英語、中国語(簡体字、繁体字)、フランス語、ドイツ語、イタリア語、韓国語、ロシア語、スペイン語、トルコ語、ポルトガル語、フィンランド語、リトアニア語、オランダ語、インドネシア語、ベトナム語、タイ語（順不同）で、ポイントをおさえながら説明されています。これも役に立ちそうですね。

「伊藤園お～いお茶新俳句大賞」にも、英語俳句の部門があります。ホームページから「教員の皆さまへ」をクリックして入ると、つくるときのポイントなどが、HIA会員の宮下惠美子さんにより、中学生や高校生向けにわかりやすく説明され、作品例もあがっています。日本語と英語を鍛えるツールとして、英語俳句は、誰もがつくれる、つくりたくなる文芸へと、成長しています。

俳句をちょっとでもかじっていれば、世界での好感度アップは、まちがいなし。海外の税関で職業を「詩人」と答えると、尊敬のまなざしで迎えられたとは、ある詩人の述懐《じゅっかい》でしたが、それに近いことはあるかもしれません。

ともあれ、俳句は、そのまま海外で通用する日本語のひとつになっています。そうした世界的なひろがりを受けて、ユネスコ無形文化遺産として登録しようという動きが、俳句団体や俳句にゆかりのある自治体などを糾合《きゅうごう》し、もうはじまっています。

句集に『サラダ記念日』のような大ベストセラーはない。多くが自費出版であるならば、日曜句集の作り方を考えてみよう。

ふだん会話をしているときに、「なにか知っている歌集ある？」と聞いて、まず返ってくるのは、俵万智さんの『サラダ記念日』です。「その次は？」とたずねても、さて。歌人の名前をいくつか知っていても、歌集のタイトルまでは、と首をかしげる人がほとんどというのが実情だと思います。

同じ質問を、句集について試みた場合、どうなるでしょう。沈黙。しばらくして、『奥の細道』という、ちょっと自信のない、答えとも問いかけともつかない言葉がもれる。これが相場だと思います。

『サラダ記念日』(河出書房新社)は、一九八七年五月の発売。まだ消費税は導入されておらず、定価九八〇円。表紙を飾った著者のポートレート、菊地信義さんの装丁、裏表紙には作家の高橋源一郎さんらの推薦文など、歌集としては異例の体裁をとっていました。

もちろん、これだけが三百万部に迫るベストセラーとなった理由ではなく、定型を保持しながらも、口語を自在に駆使し、若い女性の気持ちをすなおに詠んだところが、多くの支持を得たのです。

でも、これは、例外中の例外。著名な歌人でも、かなりの部数を自分で引き取り、短歌大会の選者などで地方に赴《おもむ》いたとき、サイン会をひらいて販売することがあると、専門誌の編集者から聞いたことがあります。それでも、新聞の歌壇、俳壇のページには、歌集、句集の新刊が、毎週のように紹介されています。

多くの場合、著者が費用を負担し、出版にこぎつけているからです。私は、ある俳句大会の帰りがけに、見知らぬ人の立派な装丁の句集を、関係者から渡されて困惑したことがあります。捌《さば》ききれなかった分を、少しでも句心のある人にという配慮からでしょうが、ちょっとさびしくなりました。

結社に属している人は、多くの場合、何年か、何十年か、修練して、主宰から本としてまとめることが認められます。

私家版ではなく、出版社を通す場合は、ＩＳＢＮという、世界共通で書籍を特定できる番号を取得できます。大きな書店にも、置かれることがありますが、棚を出ないままということも。

その結果として、句友や親戚、知り合いなどに無料配布ということになってしまったと思われます。

では、結社に属していない日曜俳人が、句集を出版する場合は、どうでしょうか。まず、こころづよいのは、すべてが公にさらされた作品であるということです。世の中の目があり、選者によってふるいにかけられ、掲載されたことで、盗作、類想の疑いも起きていないのです。品質保証が、二重、三重に実施されているというわけです。

あとは予算によって、本人の希望次第で、本にするもよし、電子書籍という選択肢もあります。

本にする場合は、最近では、大手の出版社のなかにも自費出版担当の部門を設けているところがあります。ただ、判型が決まっていたり、使える書体に制限があったり、まったく希望通りとはいかないかもしれませんが、担当の編集者をつけてバックアップしてくれます。そのかわり、相応の予算は、覚悟しておく必要があります。

オンデマンドで、必要な部数だけ印刷、製本し、店頭に置くこともできます。

添削された作品を自作として発表することはかまいませんが、選評もいっしょに自分の句集に載せる場合は、注意が必要です。

選評の著作権は、当然のことながら選者にあります。新聞俳壇の場合、依頼された新聞に掲載されることが、選評の役割であり前提です。それを超えて、第三者の句集に選評を転載すれば、著作権の二次利用となります。留意が必要です。

宣伝、流通など考えず、本人や家族の記念として、私家版の日曜句集をつくるのもいい。

ワープロが普及する以前は、年賀状ひとつとっても、近所の印刷屋さんに頼んでいました。しかし、いまでは多くの家庭にパソコンやプリンターがあり、自前で句集をつくることは、それほど大変ことではありません。

無理して、日曜句集を本にしなくてもいい。自家製の、薄い、かんたんに綴じた小冊子でも、十分に作者の気持ちは伝わるし、それ以上の力でこころをうつことがあります。

二〇一六年七月。平綴じの小冊子が届きました。表紙には、「東京新聞百句2008年〜2016年」とあり、会社に勤めていたころ、いっしょに仕事をした先輩がまとめたものでした。A5判二十数ページの冊子には、東京新聞の本紙と横浜版に投句して掲載された作品が、日付順に載っていました。

序には、二〇〇八年から投句をはじめ、掲載された句が百を数え、区切りとしてまとめたとありましたが、理由は、「死病を得て」と記されていました。

そのなかの一句は、忘れられません。

二〇一五年七月、東京新聞横浜版。今井聖《いまいせい》選。

入院の錯乱過ぎて梅雨深む　生田目常義《なまためつねよし》

その十年前、私もおなじような経験をしました。がんの告知を受けてはじめてわかる、不条理な、納得できない、未来が区切られたような気持ち。

一度、おなじ日の東京新聞の投句欄に載ったことがあり、またいっしょに載りましょうと、励ましの言葉を添えて返事をしました。

そして、東京新聞に俳句と短歌、いくつか作品を投稿したところ、八月七日、佐佐木幸綱選に一首あり。


死病得て入選百句まとめしと序ありて君の小冊子読む

すぐに奥様から、はがきが届き、「夫が　とてもよろこんでおります」との一言が。よかったと思うまもなく、一通の封書。十三日に亡くなったとの知らせでした。日曜俳句をともに精進し、口には出さなくても、どこかでおたがいを意識していたと思います。つらいやりとりでしたが、間にあってよかったと、ご冥福をお祈りしました。

本も、小冊子も、とにかく面倒なことはしたくない、自分ひとりの記念として残せればいい。それもまた、日曜俳句の楽しみ方です。ひとり吟行のとき、河原でひろったかたちのいい石に、一句書いては飾っておく。日曜大工の棚に、日曜俳句の小石がならんでいる。そんな部屋も、なかなかすてきだと思います。

俳句の裾野がひろければ、頂上をめざせる人も出てくるはず。日曜俳句の道標となるべき俳人が、登山道のそこここにいますように。

街をあるく人に、「知っている俳句を教えてください」とインタビューすると、どんな答えが返ってくるでしょう。第一位は、まちがいなく、芭蕉の句です（新潮日本古典集成 今栄蔵校注〈新装版〉『芭蕉句集』新潮社、二〇一九年）。

古池や蛙《かはづ》飛びこむ水の音

そして、作者はと聞けば、どんな字を書くか知らなくても、「バショー」と声をそろえる。この句の解釈をめぐっては、専門家のあいだでさまざまな意見があり、それだけで何冊もの本ができるほどですが、私見では、第一位の人気俳人は、俳句の世界を富士山にたとえると、実力面でも頂上に立っています。

さまざまの事思ひ出す桜かな

こんな桜の句を詠まれたのでは、後世の人がどんな佳句をつくろうとも、すべてこのなかに包含されてしまう。まさに、仰ぎみる存在として、芭蕉は生きています。

長谷川櫂『俳句の誕生』(筑摩書房、二〇一八年)のなかで、著者は、現代の俳句大衆を「俳句を趣味として楽しんでいる人々」、「俳句を教える人々、テニスでいえばレッスンプロ」、「俳人と呼べる人々」の三つのカテゴリーに分類しています。

俳句という富士山の頂上には、芭蕉が立っており、そこから江戸、明治、大正、昭和、平成の「俳人と呼べる人々」が道標のように登山道に立ち、そのあと、ひろいひろい裾野がひろがり、その裾野があるからこそ、富士山は美しい。裾野がなければ、頂上も存在しない。そこに、第一のカテゴリーにはいる日曜俳人の役割もあります。

最近では、俳号をつけている日曜俳人も、目立ちます。いかにも俳人らしいと、文字からも音からもわかる人もいれば、芭蕉や蕪村かのように、苗字なしを通す人もいます。なかには、かな一文字の人もいて、俳号というより記号に近いと思える場合もあって、なんとも自由闊達《かったつ》です。

新しく朝日俳壇の選者となった高山れおな先生は、どうでしょう。現代的な俳号じゃないの、と思われるかもしれませんが、本名です。第一句集『ウルトラ』(沖積舎、一九九八年)の奥付に略歴が載っており、そこにわざわざ「本名同じ」と注がついています。俳号だろう、ペンネーム、だよね、といわれつづけてきたのでしょう。『俳句』二〇一九年五月号は、「さらば平成」という特集を組んでいて、「平成百人一句」を発表しています。高山先生の

麿、変?

は、その一句に選ばれていました。この句は『句集 荒東雑詩』(沖積舎、二〇〇五年)に収められています。

俳句には、【自由律】というジャンルがあって、代表格が、

咳をしても一人

と、世間からドロップアウトして、四十二歳の生涯を終えた尾崎放哉《おざきほうさい》。
さらに、雲水として旅をつづける生活のなかで詠んだ、

うしろ姿のしぐれてゆくか

などの句で知られる種田山頭火《たねださんとうか》。
五・七・五の定型から自由になったふたりの俳句は、それぞれ熱烈なファンを獲得していま
す。
また、高柳重信《たかやなぎじゅうしん》は、分かち書きという手法を導入し、

船焼き捨てし
船長は
泳ぐかな

と表記し、三行目は、空白。それも含めて、一句が成立しているのです。

季語とか定型とか、俳句は縛りがきつい。それだけに自由を求めて冒険する。ただ、やはり五・七・五という型とリズムは、なかなか崩れない。崩せない。

〈磨、変?〉の高山先生も、ある俳句大会の席で買い求めた『ウルトラ』に、

大吉を引いて跨がる臥龍梅

という定型の句を書き、サインしてくださいました。見返しに記された、しっかりしたペン書きの掲句は、先の『荒東雑詩』に収められています。投句をはじめて間もないころの私でしたが、定型へのつよい意志が伝わってきました。それがあってはじめて、高山先生の自由律はあるのだと、いま私は思っています。俳句の奥深さと器の大きさを、感じないわけにはいきません。

俳句の裾野は、確実にひろがっています。「伊藤園お~いお茶新俳句大賞」への応募句数が、平成のあいだに四万句からほとんど二百万句まで伸びた事実をもってしても、よくわかります。

俳句をあつかったテレビ番組が、これほど話題になっている時代もないと思います。

　俳句の未来と隆盛のため、この「日曜俳句入門」が少しでもお役に立つことができれば、それにまさる喜びはありません。ひろい裾野があれば、きっと頂上をめざせる人は出てくる。二十一世紀の芭蕉の出現を、俳句愛好家のひとりとして、とても楽しみにしています。

提案。新聞俳壇が統一した理念のもと、「新春日曜俳句大会」を実施する。新年の季語を兼題にして募集し、発表は旧暦の元日にする。

この本の最初にもどりますが、奈良大学の上野誠教授の新聞時評における「歌壇・俳壇はもっと冒険していい」という提言は、メディアの多様化がすすみ、紙の新聞の部数は漸減しているという現実を踏まえれば、いっそう耳を傾ける必要があると思います。読者参加のイベントとしての新聞俳壇の活用を、もっと考えてもいい。私の好きな新聞俳壇へのエールです。

アイデア①　毎月五週目の回は、ふだんとちょっと異なった趣向にする。
あらかじめ発表していた兼題について、投句を募る。それこそ、ゲスト選者を招いてもいい。将来の選者をみつけるために、若手にまかせてもいい。はじめて投句する人を優先する回にしてもいいし、学生大会にしてもいい。毎週毎週、何千句もの選句に没頭する専任の選者のみなさまに、お休みの週があってもいいと思います。

アイデア②　日程を調整して、新春日曜俳句大会を実施する。

地方紙のなかには、俳句、短歌、川柳、詩など、新春の紙面を飾る文芸作品を募集しているところが、いくつもあります。締め切りは、遅くても十二月のはじめ。すでに歴史のある新春文芸大会のなかから、俳句だけ別扱いにするのは、抵抗があると思います。

それでも、各紙が足並みをそろえて実施してほしいと思うのは、俳句には、新年の季語があるからです。新年の季語は、四季とは違って数が限られているので、選びやすく、わかりやすい。俳句専門誌などに発表される俳人の新春詠は、おそらく締め切りの関係から晩秋から立冬の時期につくっています。しかし、日曜俳人は淑気《しゅくき》(これも季語)にひたりつつ、実感そのままに新春の俳句を詠むのです。これこそが、俳句愛好家としての醍醐味。めでたいではありませんか。

締め切りは、松の内の一月七日。発表は、旧暦の元日(だいたい、二月中旬)。選者は、もともとの選者に数人のゲストをくわえる。はなやかな顔ぶれは、新春を寿ぐ俳句大会にぴったり。暮らしのなかの旧暦を意識する、いい機会にもなると思います。

ご褒美は？　ま、それはそれぞれ考えていただくとして。

アイデア③　実際の句会のように、名前を見ずに選句できる新聞俳壇を試してみる。

ふだん、新聞俳壇への投句は、はがきにしろ、ネットにしろ、投句者の名前がわかってしまいます。たまには、実際におこなわれる句会がそうであるように、名前を隠し、作品だけが選者に届くようなシステムにして、選が終わってはじめてあきらかにされる、ネット応募限定の大会を開催する(できたら、選者のもとに届く投句は、縦書きで)。結社の同人や会員が参入してくればくるほど、選考の透明性と公平性を担保することが、新聞俳壇にも求められてくる時代に、いまから対応しておくのです。

主なメディア、公募俳句大会の投句規定

新聞俳壇　俳壇のある新聞は、それぞれ投句規定を掲載。東京で発行されている主な日刊紙の場合、朝日、東京は日曜。読売、毎日は月曜。産経は木曜。日経は土曜。いずれも朝刊。細目は各紙で。新聞休刊日などで、掲載日がずれることも。

俳句専門誌　『俳句』、『俳壇』、『俳句界』、『俳句四季』は、月刊。『俳句αあるふぁ』は、季刊。『俳壇』以外は、挟み込みの投句用はがきを使用。コピー不可。『俳壇』のみ、はがきに応募券を貼付。詳しくは、各誌で確認。

雑誌俳壇　『世界』(月刊、岩波書店)、『オール讀物』(月刊、文藝春秋　掲載は、隔月)、『小説 野性時代』(月刊、KADOKAWA)、『サンデー毎日』(週刊、毎日新聞出版)、『通販生活』(年四回刊、カタログハウス)。郵送、メール、ネットの投句フォームなど、雑誌により異なる。

NHK俳句　毎週日曜、Eテレ午前六時三十五分—七時(再放送　水曜午後三時—三時二十五分)。はがき一枚に、未発表の俳句一句。希望選者と兼題(自由題あり)を記入し、住所、氏名、年齢、電話番号を明記。月刊誌『NHK俳句』に綴じ込みの投句はがき、ネットも可。〒一五〇—八〇〇一　NHK「NHK俳句」係　精選しての投句をすすめる。

ＮＨＫ文芸選評　毎週土曜、ＮＨＫラジオ第一午前十一時五分―五十分。俳句、短歌、川柳を交代に。はがき一枚に、未発表の俳句三句以内。住所、氏名、年齢、電話番号を明記。メールでの受付なし。〒一五〇―八〇〇一　ＮＨＫラジオセンター「ＮＨＫ文芸選評俳句係」締め切りは、放送日の十日前必着（前の週の水曜日）。選者　西村和子、鈴木章和。

ＮＨＫ全国俳句大会
☆投句先・問い合わせ先　〒一八六―八〇〇一　東京都国立市富士見台二―三六―二　ＮＨＫ学園「ＮＨＫ全国俳句大会」事務局　☎〇四二―五七二―三一五一㈹
☆締め切り　九月三十日　所定の用紙で
☆投句料　自由題二句、二句一組二二〇〇円。自由題二句と題詠一句、三句一組三三〇〇円
☆賞　大会大賞、選者特選、秀作、佳作
☆選者　ＮＨＫ俳句の選者など
☆ジュニアの部あり
☆龍太賞　新作十五句一組（テーマ自由）　投句料　五〇〇〇円

伊藤園お～いお茶新俳句大賞
☆投句先・問い合わせ先　〒一〇二―八五五三　東京都千代田区紀尾井町三―一三「伊藤園お～いお茶新俳句大賞」事務局　☎〇三―三二六四―四〇五〇　ＦＡＸ　〇三―三二六三―五六六八

☆締め切り　二月末日(前年の十一月三日から受付)　はがき、FAX(A4サイズ)、または伊藤園ホームページから
☆「小学生の部(幼児含む)」「中学生の部」「高校生の部」「一般の部A(四十歳未満)」「一般の部(四十歳以上)」「英語俳句の部」　日本語、英語あわせて一人六句まで。本人が創作した未発表のものに限る
☆賞　文部科学大臣賞　一名、賞金五十万円と副賞。金子兜太賞　一名、賞金二十万円と副賞。部門大賞六名、賞金二十万円と副賞。優秀賞　四十四名、賞金五万円と副賞。審査員賞　十名、賞金三万円と副賞。後援団体賞　十名、賞金二万円と副賞。都道府県賞　二百四十名、賞金五千円と副賞。佳作特別賞千六百八十八名。計二千名の俳句がパッケージに印刷される
☆選者　日本語　浅井愼平、安西篤、いとうせいこう、金田一秀穂、黒田杏子、宮部みゆき、村治佳織、吉行和子　英語　アーサー・ビナード、星野恒彦
詳しくは、伊藤園お〜いお茶新俳句大賞のホームページ(https://itoen-shinhaiku.jp)へ
なお募集要項は第三十回のもの

西東三鬼賞
☆三鬼俳句の精神を継ぐ、新しい感覚の俳句
☆投句先・問い合わせ先　〒七〇八―八五〇一　岡山県津山市山北五二〇　津山市教育委員会生涯学習部文化課内　西東三鬼賞委員会事務局　☎〇八六八―三二―二一二一
☆締め切り　十一月末日　原稿用紙(A4サイズ)でワープロ可。住所、氏名、俳号、職業、生年月日、電話番号を明記

☆投句料　雑詠五句一組(未発表作品に限る)二千円　何組でも応募可
☆賞　大賞　西東三鬼賞　一名、賞状および副賞五十万円。秀逸　十名、賞状および副賞二万円。入選
三十名、賞状および記念品
☆選者　茨木和生、寺井谷子、久保純夫

交通総合文化展

☆募集テーマ　日本の鉄道に関するもの、日本の良さを表現したもの
☆投句先・問い合わせ先　〒一〇〇―〇〇〇六　東京都千代田区有楽町一―一―三　東京宝塚ビル八階
公益財団法人日本交通文化協会「交通総合文化展」事務局　☎〇三―三五〇四―二二〇七
☆締め切り　七月末日(六月十五日から受付)　はがき一枚に二句まで　何句でも応募可
☆賞　日本交通文化協会会長賞　一名、賞金五万円。一席　一名、賞金三万円。二席　一名、賞金二万円。
三席　三名、賞金各一万円。入選　若干名
☆選者　長谷川櫂

国際俳句交流協会HIA俳句大会

☆投句先・問い合わせ先　〒一六二―〇八四三　東京都新宿区市谷田町二―七　東ビル七階　国際俳句交
流協会大会係　☎〇三―五二二八―九〇〇四
☆締め切り　九月二十五日、所定の用紙で
☆投句料　雑詠二句一組千円　何組でも応募可

☆賞　国際俳句交流協会賞、俳人協会賞、現代俳句協会賞、日本伝統俳句協会賞、日本経済新聞社賞、ジャパンタイムズ社賞
☆選者　各俳句協会の会長クラス　十二名(うち、外国語二名)
☆英語で投稿するハイク部門あり

神奈川大学全国高校生俳句大賞
☆テーマは自由。詩型・季語・切れなどにとらわれず、感性で自由に綴る
☆応募条件　高校生
☆応募方法　一作品につき三句での応募。詳細は募集要項を請求のうえご確認ください
(五月上旬完成予定)
☆締め切り　九月上旬
☆賞　最優秀賞(五作品)　賞状・奨学金五万円・記念品
入選(六十五作品)　賞状・図書カード
団体優秀賞(三校)　賞状・記念品
団体奨励賞(三校)　賞状・記念品
※このほか、一句のみの入選として「一句入選」もあり
☆選考委員　宇多喜代子、大串章、長谷川櫂、黛まどか、復本一郎
☆問い合わせ先　神奈川大学広報部　電話〇四五―四八一―五六六一(代)
詳しくは、大学ホームページへ

データは、二〇一九年九月現在。応募される際は、各事務局にお問い合わせのうえ、必ず詳細な規定をご確認ください。このほかにも、投句を募集している俳句大会は、各種あります。俳句専門誌のほか、公募雑誌などでも確認できます。

あとがき

最後までお読みいただき、ありがとうございました。今年の元日から書きはじめ、平成から令和へと移りゆくときを渡って、ようやく辿りつきました。

二十一世紀の声を聞くようになって、手すさびにはじめた日曜俳句。休みなく投句をつづけてきましたが、古稀が近づいたこともあり、ここらでひと区切り。ひさしぶりにゆとりが生まれると、かねて構想していたことが、頭をもたげてきました。

書店には、俳句のつくり方のコツを解説した本はあふれているのに、新聞俳壇などへの投句の仕方や楽しみ方について、わかりやすく説明してくれる本を、私は目にしたことがありません。趣味としてはじめた日曜俳句であるけれど、主な舞台である新聞や雑誌などの活字メディアが、自信と元気をもっていてくれないと、困ります。メディアに育てられたコピーライターとしての、小さな恩返しです。

ネットやSNSで、ことばは瞬時に世界をめぐります。ことばの流通量は、日々更新され、十の何乗になるのか見当もつきません。お祝い、励まし、嘆き、約束。ことばがことばとして使われ、つながりを確かめ、無事を祈る。しかし、反面、ことばを礫《つぶて》のようにあつかい、特定の人やテーマに対して、これでもかというくらい投げつけ、傷つけ、追いこんでしまう。そんな光景を見るにつけても、ことばのもつニュアンスや意味を、ひとつひとつ、大切にしたいと切実に思うのです。

ことばの過剰な時代だからこそ、五・七・五の十七音という節度、季語という共通理解の手がかりも含まれる俳句が、やさしく感じられます。たのしく、前向きに、みんなで投句しようよ。ひとりじゃないよ。そんな気持ちから『日曜俳句入門』を世におくることにしました。もとより浅学非才。自分が適任なのか、自問しつつ書きすすめました。

できるだけ原典にあたることにつとめ、いくつもの公立図書館をめぐり、新聞の縮刷版などを書庫から運びだしてもらってページを繰ったり、マイクロフィルムをカタカタと回す日々は大変でしたが、充実していました。昭和二十年代の縮刷版など見ていると、いつしか本筋からはずれた記事を読みふけっている自分に気づきました。

芭蕉が奥の細道へと旅立った千住をかかえている、東京都荒川区。「俳句のまちあらかわ」を宣言して、「フォト俳句コンテスト」を実施するなど、積極的な活動をすすめています。荒川区立「ゆいの森あらかわ」は、中央図書館の役割も兼ねていて、現代俳句協会からの寄贈本をはじめ、俳句関係の雑誌や書籍が充実しており、何度も足を運びました。開架式の棚には、八〇を超える結社の俳誌がそろえられ、さながら「結社の窓口」。これから結社に入ってみようと思われるかたには、手にとって比較検討できる絶好の場所です。新聞などに投句しつつ、日曜俳句にまつわる周縁のエピソードや入選取り消し例など、生来の野次馬根性で少しずつ集めていましたが、大きく踏みだすきっかけとなったのは、文藝春秋増刊『くりま』二〇一〇年五月号、「『朝日俳壇』入選句はこうして決まる」という記事です。なるほど、なるほどと、膝を打つことばかり。選句の模様を、わかりやすく、また興味深く伝えられた作家の石田千さんに、こころより御礼申しあげます。

第4章のＡＩ俳句に関する記述は、朝日新聞二〇一八年十二月五日、「詠み人おらず」の記事を参考のうえ、北海道大学の川村秀憲教授から直接お話をうかがう機会を得て、さらに充実させることができました。ご多忙のところ、貴重なお時間を割いていただき、ありがとうございました。

『俳句αあるふぁ』二〇一九年春号(毎日新聞出版)の特集「新聞と俳句」も、時宜を得た内容で、参考となりました。

書きはじめたとき、手さぐりの部分も多々ありましたが、不思議なことに、新聞ウォッチャーが生業《なりわい》でもないのに、実にいいタイミングで、ふさわしい記事が飛びこんできてくれました。ほかにも、図書館などで手にした俳句関係の雑誌や書籍から、多くの示唆をいただきました。感謝するばかりです。

また、企画をご説明する機会のあった茨木和生先生、寺井谷子先生、宮坂静生先生からは、励ましのお言葉をいただき、ほんとうに力づけられました。

俳句をはじめ、選評、記事など、快く転載を許可してくださった先生方ほか、関係するみなさまにも、こころより感謝いたします。

俳句好きな友人たちは、生の情報をくれたり、資料探索を手伝ってくれたり。深謝です。家族もまた、あたたかく見守ってくれ、ゴールするためになくてはならない存在でした。

そして、なによりも選者のみなさま。駄句千句選句にかなう一句あるなし、という拙句を、俳句への深い愛情から倦《う》むことなく目を通してくださった先生方に、あらためて御礼申しあげます。

最後になりましたが、岩波書店新書編集部の坂本純子さんには、覚束ない足どりの著者に対して適切なアドバイスをいただきました。ありがとうございました。

大家《たいか》の俳句のなかに、臆面もなく自作の句をはさみこみ、論をすすめたことは、顔から火が出るほどの所業。でも、ここまでくれば、もうひとつ。私の日曜俳句のなかで、いちばん好きな作品を、最後に掲げて結びといたします。季語ではなく、あくまで季題を尊重する、ホトトギスの稲畑汀子先生から、一度だけ巻頭をいただいた一句です。二〇〇三年十二月、朝日俳壇。

わたくしがもう一人ゐる冬夜汽車

二〇一九年　秋

吉竹　純

吉竹 純

コピーライター，俳句・短歌愛好家．

1948年福岡県若松市(現，北九州市若松区)生まれ．

1972年東京外国語大学フランス語科卒業．(株)電通入社，クリエーティブ局配属．87年朝日広告賞(ミノルタカメラ)．89年日本推理サスペンス大賞最終候補作．2000年(株)電通退社．フリーコピーライターに．

2002年毎日歌壇賞．2005年与謝野晶子短歌文学賞．2008年読売俳壇年間賞．2011年歌会始入選．

著書に『投歌選集 過去未来』(河出書房新社)，『日曜歌集 たび』(港の人)．

日曜俳句入門　岩波新書(新赤版)1803

2019年10月30日　第1刷発行

著 者　吉《よし》竹《たけ》 純《じゅん》

発行者　岡本 厚

発行所　株式会社 岩波書店
〒101-8002 東京都千代田区一ツ橋2-5-5
案内 03-5210-4000　営業部 03-5210-4111
https://www.iwanami.co.jp/

新書編集部 03-5210-4054
http://www.iwanamishinsho.com/

印刷・三陽社　カバー・半七印刷　製本・中永製本

ISBN 978-4-00-431803-3　Printed in Japan

岩波新書新赤版一〇〇〇点に際して

ひとつの時代が終わったと言われて久しい。だが、その先にいかなる時代を展望するのか、私たちはその輪郭すら描きえていない。二〇世紀から持ち越した課題の多くは、未だ解決の緒を見つけることのできないままであり、二一世紀が新たに招きよせた問題も少なくない。グローバル資本主義の浸透、憎悪の連鎖、暴力の応酬——世界は混沌として深い不安の只中にある。

現代社会においては変化が常態となり、速さと新しさに絶対的な価値が与えられた。消費社会の深化と情報技術の革命は、種々の境界を無くし、人々の生活やコミュニケーションの様式を根底から変容させてきた。ライフスタイルは多様化し、一面では個人の生き方をそれぞれが選びとる時代が始まっている。同時に、新たな格差が生まれ、様々な次元での亀裂や分断が深まっている。社会や歴史に対する意識が揺らぎ、普遍的な理念に対する根本的な懐疑や、現実を変えることへの無力感がひそかに根を張りつつある。そして生きることに誰もが困難を覚える時代が到来している。

しかし、日常生活のそれぞれの場で、自由と民主主義を獲得し実践することを通じて、私たち自身がそうした閉塞を乗り超え、希望の時代の幕開けを告げてゆくことは不可能ではあるまい。そのために、いま求められていること——それは、個と個の間で開かれた対話を積み重ねながら、人間らしく生きることの条件について一人ひとりが粘り強く思考することではないか。その営みの糧となるものが、教養に外ならないと私たちは考える。歴史とは何か、よく生きるとはいかなることか、世界そして人間はどこへ向かうべきなのか——こうした根源的な問いとの格闘が、文化と知の厚みを作り出し、個人と社会を支える基盤としての教養となった。まさにそのような教養への道案内こそ、岩波新書が創刊以来、追求してきたことである。

岩波新書は、日中戦争下の一九三八年一一月に赤版として創刊された。創刊の辞は、道義の精神に則らない日本の行動を憂慮し、批判的精神と良心的行動の欠如を戒めつつ、現代人の現代的教養を刊行の目的とする、と謳っている。以後、青版、黄版、新赤版と装いを改めながら、合計二五〇〇点余りを世に問うてきた。そして、いままた新赤版が一〇〇〇点を迎えたのを機に、人間の理性と良心への信頼を再確認し、それに裏打ちされた文化を培っていく決意を込めて、新しい装丁のもとに再出発したいと思う。一冊一冊から吹き出す新風が一人でも多くの読者の許に届くこと、そして希望ある時代への想像力を豊かにかき立てることを切に願う。

（二〇〇六年四月）

文学

- 武蔵野をよむ　赤坂憲雄
- 原民喜　死と愛と孤独の肖像　梯久美子
- 中原中也　沈黙の音楽　佐々木幹郎
- 戦争をよむ　70冊の小説案内　中川成美
- 夏目漱石と西田幾多郎　小林敏明
- 正岡子規　人生のことば　復本一郎
- 『レ・ミゼラブル』の世界　西永良成
- 北原白秋　言葉の魔術師　今野真二
- 文庫解説ワンダーランド　斎藤美奈子
- 俳句世がたり　小沢信男
- 漱石のこころ　赤木昭夫
- 夏目漱石　十川信介
- 村上春樹は、むずかしい　加藤典洋
- 「私」をつくる　近代小説の試み　安藤宏
- 現代秀歌　永田和宏

- 言葉と歩く日記　多和田葉子
- 近代秀歌　永田和宏
- 杜甫　川合康三
- 古典力　齋藤孝
- 食べるギリシア人　丹下和彦
- 和本のすすめ　中野三敏
- 老いの歌　小高賢
- ラテンアメリカ十大小説　木村榮一
- 王朝文学の楽しみ　尾崎左永子
- 正岡子規　言葉と生きる　坪内稔典
- 文学フシギ帖　池内紀
- ヴァレリー　清水徹
- 白楽天　川合康三
- ぼくらの言葉塾　ねじめ正一
- 季語の誕生　宮坂静生
- 和歌とは何か　渡部泰明
- 小林多喜二　ノーマ・フィールド
- いくさ物語の世界　日下力
- 漱石　母に愛されなかった子　三浦雅士

- 中国の五大小説　上　三国志演義・西遊記　井波律子
- 中国の五大小説　下　水滸伝・金瓶梅・紅楼夢　井波律子
- 中国名文選　興膳宏
- 小説の読み書き　佐藤正午
- 森鷗外　文化の翻訳者　長島要一
- 英語でよむ万葉集　リービ英雄
- 源氏物語の世界　日向一雅
- 花のある暮らし　栗田勇
- 読書力　齋藤孝
- 一億三千万人のための小説教室　高橋源一郎
- ダルタニャンの生涯　佐藤賢一
- 花を旅する　栗田勇
- 一葉の四季　森まゆみ
- 西遊記　中野美代子
- 中国文章家列伝　井波律子
- 翻訳はいかにすべきか　柳瀬尚紀
- 太宰治　細谷博
- 隅田川の文学　久保田淳

岩波新書/最新刊から

1791 世界遺産
―理想と現実のはざまで―
中村俊介 著
膨張する登録物件、各国の政治的介入の激化……。世界遺産の「光と影」に目を向けながら、文化遺産保護のあり方について考える。

1792 短篇小説講義 増補版
筒井康隆 著
ディケンズら先駆者の名作に宿る、短篇の極意を探る。自身の小説「繁栄の昭和」で試みた実験的手法も新たに解説する増補版。

1793 ルポ トランプ王国2
―ラストベルト再訪―
金成隆一 著
ニューヨークを飛び出し中西部に広がるラストベルトへ。定点観測でしか見えてこない就任後の「トランプ王国」を伝える続編。

1794 女性のいない民主主義
前田健太郎 著
日本では男性に政治権力が集中している。何が女性を政治から締め出してきたのか。男性支配からの脱却を模索する。

1795 行動経済学の使い方
大竹文雄 著
より良い意思決定、より良い行動を引き出す。その知恵と工夫が「ナッジ」だ。この本で行動経済学の応用力を身につけよう。

1796 社会保障再考
〈地域〉で支える
菊池馨実 著
社会から孤立している人への「相談支援」が育む可能性、そこでの住民と行政による新たな〈地域〉づくりから社会保障の未来を提言。

1797 ヴァルター・ベンヤミン
―闇を歩く批評―
柿木伸之 著
戦争とファシズムの時代の危機と対峙しつつ言語、芸術、歴史を根底から問う批評を繰り広げたベンヤミン。その思考を今読み解く。

1798 酒井抱一
俳諧と絵画の織りなす抒情
井田太郎 著
名門大名家から市井へと下り、江戸の社会を往還した琳派の絵師、抱一。マルチな才能と稀有な個性を、画俳両面から読み解く評伝。

(2019. 10)